Werner Pütz | Verirrt in den Wahn

Zum Autor

WERNER PÜTZ wurde 1930 in Overath geboren, wo er heute noch lebt. Er ist freier Journalist, Fotograf und Maler.

Vom Autor sind bereits erschienen:

›Nationalsozialismus und Krieg im Bergischen Land‹,

›Marialinden in Bildern I und II‹,

›Der Pfarrer ist tot‹,

›Kirche im Dorf lassen‹,

›Spielbärs schauriges Lied‹,

›Der Linderhof‹,

›2014 - Jubiläumsjahr, 950 Jahre Stadt Overath‹,

zahlreiche Beiträge in Wort und Bild in Sachbüchern sowie Publikationen zur Heimatgeschichte (›500 Jahre Kath. Kirche Marialinden‹).

Werner Pütz ist verheiratet und hat vier Kinder und sieben Enkelkinder.

Werner Pütz

Verirrt
in den Wahn

Roman

Die Bibliografische Information der Deutschen Bibliothek

Die Deutsche Bibliothek verzeichnet diese Publikation in der Deutschen Nationalbibliografie; detaillierte bibliografische Daten sind im Internet über www. d-nb. de abrufbar.

Einbandillustration: © Werner Pütz
Herstellung und Verlag: BoD - Books on Demand, Norderstedt
© Werner Pütz 2017

ISBN 978-3-7448-5497-9

Sie war es, Thea Lebich, die letztlich den Weg ins Abseits befeuerte. Ihr beherrschender Charakter schien sich schon in ihrem Gang auszudrücken. Etwas nach vorne geneigt, als würden die Beine nicht schnell genug nachkommen, machte sie große Schritte. Für eine Frau war sie schon groß zu nennen, eher schlank, aber kräftig; nicht auffällig schön, aber mit rundem, gefälligem Gesicht und dunklem Haar. Ihr Lächeln zeigte innere Freude und blieb doch reserviert gegenüber anderen. Kein Zweifel, sie war intelligent und wollte ihre Überlegenheit ausspielen.

Nachbarn oder Bekannte waren nicht sicher, ob Thea sich je einem Mann anvertrauen würde. Indes waren sie überzeugt, dass ihre fast abweisende Haltung bewusste Abschottung war. Schließlich wusste man, dass sie sich in ihrem Beruf bewährte und anscheinend auch mit Arbeitskollegen gut zurechtkam.

Es war ein trüber Morgen. Die Sonne würde an diesem Tag wohl nicht scheinen. Dazu kam leichter Wind auf, der an diesem 15. April 1929 eher frösteln ließ. Vor dem Hause der Lebichs tat sich einiges. Ein Pferdegespann hatte sich aufgebaut, im Grunde noch nichts Ungewöhnliches vor der bekannten Schmiede. Das schwarze, mit einem Kreuz versehene Gefährt machte allerdings klar, dass es sich um einen Leichenwagen handelte. Und schließlich waren da auch jede Menge Leute in dunkler, meist schwarzer Kleidung. Was war geschehen?

Der Dorfschmied Peter Lebich war gestorben. Sein Herz hatte nicht mehr mitgemacht. Im Schlaf hatte ihn der Tod überrascht.

Zwei schöne Pferde, dahinter der offensichtlich frisch geputzte schwarze Wagen, auf den vier Männer den Eichen-Sarg schoben. Dann ein Ruck und Anstampfen der Pferde, so setzte sich der Trauerzug in Bewegung. Hinter dem Pferdegespann dunkel gekleidet viele Leute, voran Christine Lebich, am Arm die Tochter Hanne, die Brüder Helmi und Alois – so blieb der dreijährigen Thea jener Tag in Erinnerung, aus eigenem Erleben oder auch gefestigt durch späteres Nacherzählen, wie sie es einmal niedergeschrieben hatte.

Zu Grabe gefahren wurde der Vater und mit ihm die Hoffnung auf ein auskömmliches Leben, zudem Schulden und ein marodes Haus. Das war die bleibende Erkenntnis der Zurückgebliebenen. Die Hauptlast hatte die Mutter Christine zu tragen. Aber insgeheim baute sie damals auf Helmi, 13-jähriger Gymnasiast, „und wir Geschwister stimmten uns darauf ein", hielt Thea später einmal der Schwester Hanne vor.

Für Thea sollte Bruder Helmi das große Vorbild werden. Seine Neigungen zum Lernen, Malen und Zeichnen hatten die Mutter überzeugt, dass er auf jeden Fall zur höheren Schule gehen sollte. Was dann auch geschah. „Wir, meine Mutter, Alois, Hanne und ich, haben später mit Helmi unser Schicksal verbunden, ohne zu ahnen, was daraus werden würde", so Thea.

Einblick in das Leben, was Helmi betraf, erhielt Thea erst, als sie zu Beginn des Zweiten Weltkrieges sein Gesuch um Zulassung zur Reifeprüfung las. Sie fand die Schrift in seinem Schreibtisch daheim. Als Fach besonderer Leistung wähle er Griechisch, hatte er geschrieben. Er wolle zudem in das Zeugnis der Reife einen Vermerk über sein Religionsbekenntnis aufgenommen haben. Inzwischen war er Soldat.

Thea flüsterte der Hanne zu, sie möchte mit in die Kammer nebenan kommen, sie wolle ihr etwas Wichtiges zeigen. In ihrer Schürze hatte sie jenes Schreiben versteckt, das der Helmi entworfen hatte.

So schrieb er am 1.12.1936:

„Mein Bildungsgang. Mitten in dem großen vierjährigen Ringen – am 14. Januar 1916 – wurde ich als Sohn des Schmiedemeisters Josef und dessen Ehefrau Ann Christine geboren.

Die ältesten Jugenderinnerungen reichen bis in die Zeit des Rückzuges der deutschen Truppen aus dem 1. Weltkriege und des Einzugs der englischen Besatzung zurück. Ich konnte wegen meines Alters noch nicht die Schmach eines verlorenen Krieges und die demütigende Last einer Fremdherrschaft empfinden, bewunderte vielmehr die schmucken Soldaten mit den bunten Uniformen, die fein gestriegelten Pferde und die blitzenden Waffen und wünschte, auch ein Soldat zu werden. Ein selbst geschnitzter Holzsäbel und eine von meinem Vater angefertigte Armbrust waren jahrelang mein Stolz.

Mit dem Abzug der Besatzung begann für mich ein neuer Lebensabschnitt. Das Kinderherz suchte bei seinen Spielen draußen am sprudelnden Bächlein auf blumigen Wiesen, in rauschenden Wäldern seine Ergötzung. Naturliebe und Naturverbundenheit sind die Früchte jener Kindheitstage, die noch mehr Widerhall in meiner Seele fanden als die der erwähnten Soldatenzeit.

1922 tat ich den ersten Gang in die Volksschule. Wenn sie mich auch nicht aus meinen Kindheitsträumen riss, wenn auch immer noch eine ungestillte Sehnsucht nach den Häuschen und Lauben im dunklen Waldsiefen, am trauten Bronn, morgens mit in die Schule ging, so rief sie doch eine Veranlagung in mir wach, die mich bald in allen meinen Mußestunden beschäftigte. Ich zeichnete und malte.

Schon damals fiel in die sorglose Kinderseele ein Tropfen Bitternis. Der Frust des Lebens warf zum ersten Mal beängstigend seine Schatten in die jugendfrohen Tage. Im Herbste 1923 nahmen die Plünderungen der Großstadtbevölkerung überhand. Neben armen, von Hunger gequälten Menschen, die die Not trieb, kam zum größten Teil verbrecherisches Gesindel, das in der Revolution aus den Gefängnissen entlassen worden war, in meine Heimat und raubte die Landbevölkerung aus. Da sah und fühlte ich brutales Untermenschentum auf der einen und Armut und Hunger auf der anderen Seite.

Das Religiöse war früh in mir stark, damals reifte in

mir der Entschluss, Priester zu werden, um den an Leib und Seele kranken Menschen zu helfen.

In den letzten Volksschuljahren kam zur Lieblingsbeschäftigung Zeichnen ein zweites Steckenpferd. Ich formte Verse.

Wider mein Erwarten, aber meinem sehnlichsten Wunsch entsprechend, ergab sich im Frühjahr 1929 die Möglichkeit, die höhere Schule zu besuchen. Jetzt tat sich mir eine neue Welt auf. Das Eindringen in die alte Kultur der Griechen und Römer lenkte immer wieder zum Vergleich mit der deutschen Kultur und zur Seele des deutschen Menschen.

Damals fiel ich der ersten Lesewut zum Opfer. Jedoch bestand sie fast ausschließlich im Lesen von klassischen und realistischen Dramen. Die Lektüre von Texten mit fast nur poetischem Inhalt übte freilich eine unheilvolle Wirkung auf meinen Prosastil aus.

Im Herbste 1929 entriss mir der Tod meinen Vater. Ich wurde mehr auf mich selbst gestellt, und das Schicksal nahm mich früh in eine harte Schule.

Eine dankbare Erinnerung an diese Schulzeit ist in mir wach geblieben. Ostern 1933 wechselte ich in die Untersekunda des in der Stadt Münstereifel gelegenen Konviktes. Die seltene romantische Schönheit des Städtchens war bestimmend für die Wahl dieses Ortes.

Der Tag, an dem ich zum ersten Mal dorthin fuhr, um dort das Gymnasium zu besuchen, wird für mein ganzes Leben unvergesslich bleiben.

Es war der erste Mai 1933, der erste Feiertag der nationalen Arbeit. Zum ersten Mal strahlte der Glanz der siegreichen Revolution auf. Beim Abschied zu Hause, bei der Fahrt durch die Städte, bei der Ankunft in "meiner" Stadt, überall jubelte das Volk in der Freude des Volksfestes.

Und mein Herz jubelte im Innern mit, und erstmalig ging es mir auf: Ein Volk steht auf! Eine neue Zeit beginnt! In den Jahren der politischen Verwirrung träumte ich, wie es wohl einem Knaben entspricht, von einem großen Kaiser, der auferstehʼn und Deutschland wieder stark machen müsse. Doch jetzt sah ich diese Einigung und Erstarkung unter der Hand des Führers und Volkskanzlers im Werden begriffen.

Seit der Untersekunda beschäftigte ich mich mehr als früher mit eigenen literarischen Versuchen. Oft verstrickte ich mich in eigenen Gedankengängen und Ideen, durch die ich allzu sehr von Schule und Studium abgelenkt wurde. Doch fühle ich auch von der Schule her immer wieder alle geistigen Kräfte angeregt.

In den Unterklassen war mir aus den nüchternen Berichten über den Gallischen Krieg der geniale Geist des Altertums entgegengetreten, hatte der zielbewusste, felsenfeste Wille des römischen Imperators zu mir gesprochen. Nunmehr zeigten sich mir in der Geschichtsschreibung des Livius die einzigartige Gesetzmäßigkeit der lateinischen Sprache und ihre Bedeutung für die Schulung des logischen Denkens.

Tacitus erschien mir einerseits als die warnende Stimme, die ein letztes Mal, aber schon in hoffnungslosem, pessimistischem Ton ein untergehendes Volk vor dem Chaos zu bewahren sucht, andererseits trat er mir als ein Auferstandener entgegen, der mir aus der dunklen Vergangenheit unserer Vorväter erzählt.

Wenn das Lateinische mir auch innerlich eine tote Sprache blieb, so wurde das Griechische mir lebendiger. Sah ich doch nicht nur das tote Wort vor mir, sondern hörte die griechischen Menschen sprechen, glaubte die Leichenrede des Perikles mit eigenen Ohren zu vernehmen, und der klagende Schmerzensschrei der sterbenden Helden der Ilias hallte in meinen Ohren nach, als ob sie ihn wirklich aufgenommen.

In Thukidiens "Geschichte des P." erlebte ich die erschütternde Tragödie der Selbstzerfleischung eines Volkes, sah das Tragische vor allem in der Verblendung, mit der das Volk sich der besten Führer beraubte.

Von den deutschen Denkern gewann Schiller meine größte Bewunderung. Sein heldenmütiges Ringen durch alle scheinbaren Widersprüche von Freiheit und Notwendigkeit, von Ideen und Wirklichkeit, seine Erkenntnis, die aus dem Satze spricht: "Nehmt die Gottheit auf in euren Willen und sie steigt von ihrem Weltenthron" ließen mich die wahrhaft große deutsche Seele erkennen. Schiller führte in der Tat einen Kampf mit dem Schicksal, wie ihn die Helden unserer Nibelungen kämpfen.

Die Zeit vom 16ten Lebensjahre ab darf ich als Sturm-und-Drang-Zeit bezeichnen, in der sich teils eine Festigung, teils eine Umwandlung der Werte vollzog, die ich als Kind bedingungslos hingenommen hatte. Zugleich suchte ich mir auch mein Berufsideal neu zu erkämpfen. Es ist ein rastloses Streben und Suchen, ein Kämpfen und, wie ich hoffe, ein Erobern, ein Eindringen in den Sinn des Lebens, dessen Erkenntnis mir eine wahre Werteschätzung und darum eine klare Zielsetzung geben möge."

Thea und Hanne waren teils hingerissen, teils belustigt. „Der musste so schreiben, das ist so, wenn man ein Gymnasium besucht, zudem in kirchlicher Trägerschaft, und dann für die Abschluss-Prüfung die eigene Lebensgeschichte aufzuschreiben hat", verteidigte Hanne diesen Schreibstil und die schwülstigen Anspielungen auf das sogenannte Dritte Reich der Nationalsozialisten.

Aber war das eine Freude 1937 gewesen, als Helmi mit glänzendem Abitur nach Hause kam! Mutter Christine umarmte alle, denn sie war es ja auch gewesen, die den Helmi nicht nur finanziell gefördert hatte, trotz der Notlage, in der sich die Familie befand. Sie legte weiter Wert darauf, dass alle ihre Kinder eine möglichst gute schulische Ausbildung haben sollten. Jetzt erlebte sie die Früchte ihrer Beharrlichkeit, ihrer Sparsamkeit, ungeachtet, was Nachbarn, Bekannte oder Verwandte auch sagen würden. Helmi hatte es dank seiner Begabung verdient, die höhere Schule besucht und erfolgreich abgeschlossen zu haben, da war sich die Familie einig.

„Ich weiß, ihr habt alle das Zeug, euch weiterzubilden. Ihr seid alle intelligent genug. Wir werden sehen, wie wir weiterkommen. Hanne möchte ja gerne Lehrerin werden. Dann muss sie auch noch die höhere Schule besuchen, aber das muss nicht sofort sein. Alois will zur Realschule, ebenfalls Lehrer werden, und Thea hat noch Zeit", bekräftigte die Mutter mit Tränen in den Augen ihren festen Willen.

Thea schrieb später zu dem Vorgang in ihr Tagebuch: „Wir waren glücklich und stolz. Unser bis dahin noch ärmliches Zuhause spielte keine Rolle mehr, da würden wir auch noch was machen können, hat Helmi versichert. Für ihn ist klar, er geht zur Universität und der Studiendirektor hat ihm volle Unterstützung zugesagt."

Was war nach so einem Abitur noch zu sagen: Religion sehr gut; Deutsch gut; Latein gut; Griechisch gut; Französisch gut; Geschichte gut; Erdkunde gut; Mathematik gut; Physik sehr gut; Kunst sehr gut; Musik gut; Sport gut; Hebräisch gut.

Der örtliche Pfarrer kam zu Besuch und lobte den Helmi über den grünen Klee und zeigte sich überzeugt, dass dies nur ein Weg zum Priester sein könne. Und Helmi bekräftigte den Pfarrer auch noch mit dem Hinweis, für ihn sei Religion innerstes Anliegen. Er wolle ehrlich katholischer Geistlicher werden.

So entschied er sich mit Hilfe des Pfarrers zunächst für ein Theologiestudium in Bonn. Die guten Ergebnisse stellten sich auch hier ein.

Helmi war nach Hause gekommen. Wie gewohnt setzte er sich am Abend des 28. August 1939 in den kleinen Salon und begann ins Tagebuch zu schreiben: „Montag, heute ist dritter Mobilmachungstag. Vorgestern Nacht bin ich eiligst nach Hause gekommen. Arbeitskameraden wurden von der Arbeit (im so genannten Arbeitsdienst) weggeholt. Da ich sah, dass im Falle meiner Einberufung mir nicht einmal Zeit verblieben wäre, noch vorher nach Hause zu gehen, zog ich es vor, den Schopshof zu verlassen und die "letzten" Tage zu Hause zu verbringen. Der Holländer, der als Volontär arbeitete, fuhr am Freitag schon ab, der Engländer Richard Gresler aus Dover verließ uns Samstagmorgen mit seiner Schwester Susanne, die auf Schloß Falkenlust bei Brühl weilte. Richard und ich waren uns in kurzer Zeit sehr nahe gekommen. Als ich die letzten Stunden mit ihm zusammensaß, erschien es mir als heller Wahnsinn, dass er, nach England zurückgekehrt, nun Feind sein musste und wir uns gegenseitig auf Leben und Tod bekämpfen sollten. Die Verstrickung der gegenwärtigen Lage erscheint mir fast tragisch.
(Aus dem vorigen Jahre sei noch nachgetragen: "Schloss Kalbeck", Niederrhein, am Abend des 2. Sept. 38. Ich befinde mich auf einer Fahrt durch die

niederrheinische Landschaft. Auf verschiedenen Gütern legen wir Saatversuche an. Unsere Fahrt ging über Krefeld, Geldern, Kevelaer, Weeze zum Herrn Spies auf Gut Gauschen. Von hier ging's zum Schloss Kalbeck, einer Besitzung des Freiherrn von Wittinghoff-Schell. Ich lernte diesen persönlich flüchtig kennen. Auf diesem Gut arbeitet auch ein junger Prinz Fürst zu Salm-Salm. Er ist verarmt und trägt sein Los schwer; scheint mir jedoch charakterlich wertvoll. Herr Buschforth, der Inspektor des Gutes, ist der Typ eines fröhlichen Junggesellen. Die letzte Nacht verbrachten wir in Kevelaer im Hotel Zum Weißen Schwan. Heute morgen fuhren wir von Kevelaer nach Sonsbeck, wo wir mit dem Auto liegen blieben. Ich ließ mich von Autoschlossern aus Goch abschleppen, während mein Chef mit einer Taxe nach Marienbaum fuhr. Den ganzen Tag half ich in Goch in der Werkstatt bei der Reparatur.)

31. August 1939. Donnerstag. Die Mobilmachung ist abgeschlossen, d. h. fürs Erste. Die Spannung dauert an. Der Notenwechsel zwischen Führer und Chamberlain ist noch nicht abgebrochen. Sein Inhalt ist noch unbekannt. Auf eine friedliche Lösung besteht wenig Aussicht. Hier bei uns und in der Umgebung sind für 1000 Mann Quartiere angesagt. Direkt bei uns werden vier Feldküchen in Keller bzw. Schuppen eingebaut. Die Zivilisten sollen gleich hier eintreffen.

1. Sept. 39: Freitag. Soeben um 10 Uhr sprach Hitler im Reichstag. Seit heute Morgen um 5. 45 Uhr wird

an der deutsch-polnischen Grenze geschossen. Wann es im Westen losgeht – ich weiß es nicht.

Hier werden die Feldküchen eingebaut. Ich selbst warte stündlich auf Einberufung. Entschlossen bin ich, das zu tun, was die Pflicht mir gebietet. Erst dann habe ich die Berechtigung, später vom Volke führend zu fordern, wenn ich bereit gewesen bin, jedes Opfer für dasselbe zu bringen. Fordert dieser Krieg von mir das Leben, so liegt auch das in der Vorsehung eines Höheren!

Bisher war mein Leben freilich nur Aufbruch. Wie bin ich beseelt vom großen Lebensplan, den zu verwirklichen ich mich entschloss! Und doch, wenn Gott will, dass ich dieses Leben opfere, so hat er nicht mehr von mir gewollt.

3. Sept. 39: Sonntag. Heute richtete England an Deutschland die ultimative Forderung, bis 11 Uhr zu entscheiden, ob es die Truppen zurückziehen wolle oder nicht. Im letzten Falle bestehe zwischen England und Deutschland Kriegszustand. Hitler hat negativ geantwortet.

3. Okt. 39: Am Freitag, den 29. Sept. erhielt ich meinen Gestellungsbefehl zur Luftwaffe. Zeit, Ort und Truppenteil werden mir noch mitgeteilt. Am Wohnmeldeamt in Bonn erfuhr ich, dass ich mich Donnerstag, den 5. Okt. stellen muss. Meine Kameraden studieren in Paderborn weiter.

Paderborn, 10.10.39. Es ist ganz anders gekommen, als sich vermuten ließ. Ich hatte die letzte Einberufung in Bonn für Fliegerhorst Detmold erhalten. Nach zwei Tagen konnten wir zu ungefähr 20 Mann wieder nach Hause, weil wir überzählig waren. Ich habe das Studium in Paderborn begonnen und wohne Gasthausen Hof 6 bei Jos. Schöningh. Es ist wundersam ruhig hier. Es gewährt den Blick über Dächer hinweg zu hohen Baumreihen (wahrscheinlich eine Allee). Ich wohne in dem Hause der von Gasthausen. Gasthausenhof 12.10.: Gestern besuchte mich hier mein Klassenkamerad Walter Kutsch. Er ist Unteroffizier und kommt von der Westfront, nimmt hier für ein paar Tage Aufenthalt, um dann zur Offiziersschule nach Berlin abkommandiert zu werden.

Heute traf ich in der Stadt den Arbeitskameraden Schupp. Wir waren zusammen in Bergheim im Arbeitsdienst. Er ist nun schon Diakon. Von ihm erhielt ich die traurige Nachricht, dass Heinrich Krauss, ebenfalls ein Arbeitsdienstkamerad von mir, in Polen gefallen sei. Er war einer der Besten, sowohl körperlich wie geistig und moralisch. Er war ebenfalls Abiturient, diente in Königsberg bei den Panzern."

Inzwischen war im Lande alles anders geworden. Der Krieg gegen Polen wurde am 1. September 1939 von der NS-Regierung vom Zaun gebrochen, es war ein völkerrechtswidriger Überfall. Deutlich wurde zudem, dass die Nazis von Menschenwürde und auch von religiöser Einstellung nicht viel hielten.
Helmi entschied sich ungeachtet dessen zunächst für

ein Weiterstudium in Paderborn, mietete dafür ein Zimmer. Es stimmte nicht, wenn die Leute sagten, der Helmi sei hochnäsig, nein, er war einfach stolz auf seine Leistungen und so ging er auch daher, zackig wie es die Zeit erforderte. Es stimmte auch, dass, wer damals mit einem Abitur und Hochschulzeugnis nach Hause kam, hierzulande schon etwas galt.

Von Paderborn schrieb Helmi an Thea am 14. Oktober 1939:

„Liebes Schwesterchen, zu deinem morgigen Namenstage wünsche ich Dir Freude und Gottes Segen. Dir etwas zu essen oder zum Anziehen zu schenken, ist jetzt zu umständlich. Dafür will ich Dir einige Zeilen schenken. Diese meine Worte sollen Dir ebenso wertvoll sein wie sonst etwas Schönes, das Geld kostet.

Wenn ich mich nicht irre, hast Du auch Geburtstag. Ich kann mich des Tages noch gut erinnern. Es ist schon 13 Jahre her. Der Herbsttag war düster und regnerisch und der Sturm fegte die Blätter von den Bäumen wie auch jetzt da draußen im Park.

Zu Hause war ein toller Betrieb. Das ganze Dach der Schmiede war abgedeckt. Ein neuer Dachstuhl wurde gebaut. Am anderen Morgen gingen wir Äpfel auflesen, die die stürmische Nacht reichlich verstreut hatte, und wie freuten wir uns, dass wir ein kleines "Ditti" erhalten hatten! Bei unserer Arbeit waren wir daher umso behänder. Das Kleine hatte brandschwarze Haare. Einen kleinen Zigeuner nannten wir es.

Jetzt bist Du schon 13 Jahre alt. Das ist die Zeit, wo man auch von Dir Vernunft und Einsicht fordert. Vor allem zu einem möchte ich Dich heut ermahnen: zur Dankbarkeit Deiner Mutter gegenüber. Erweise ihr dadurch Dank, dass Du einerseits schon einmal zu Hause mit anpackst, andererseits aber an Deiner Vervollkommnung arbeitest, an der Ausbildung alles dessen, was Dir Gott gegeben.

Du musst Dich allmählich selbst in die Schule nehmen, auf dass Du ein ganzer Mensch wirst. Es kann da viel geschehen, wenn auch die Verhältnisse zu Hause dazu nicht günstig stehen.

Es ist auch schade, dass wir Geschwister uns so wenig nahekommen. Man könnte sich gegenseitig viel mehr geben, als es bisher geschehen.

An dieser Stelle möchte ich Dir danken für all das, was Du mir gewesen. Wenn ich Dich manchmal tadeln musste, so sei Dir hiermit verziehen. Zum größten Dank bin ich ja neben der Mutter der Hanne verpflichtet. Die Vergeltung sollte ja später von mir aus geschehen.

Betet zu Gott, dass ich Euch durch den Krieg nicht entrissen werde und so alle Eure Hoffnungen zunichte werden. Jedoch müssen wir in allem sagen: "Herr, Dein Wille geschehe", was nicht ausschließt, dass wir immer wieder beten sollen.

Es besteht ja nun immer die Möglichkeit, dass ich schon früher als erwartet eingezogen werde. Ziemlich sicher ist es wohl für Anfang Januar oder Anfang

April. Jedenfalls werde ich vorher noch nach Hause kommen. Wenn Ihr wollt, komme ich Allerheiligen einmal für kurze Zeit. Es wird mich die Reise hin und zurück (ermäßigt) 10 Mark kosten. Ich spare mir dann auch für die Tage mein Kostgeld (pro Tag 1,60 Mark).

Bei Mittag und Abendessen werde ich satt. Für morgens und nachmittags habe ich nur zwei Butterbrote. Morgens glaubt man etwas Butter auf den Schnitten zu erspähen, nachmittags sind sie ganz trocken. Ich esse ja nicht hier in meiner Wohnung, sondern in einem Kloster zu Mittag und zu Abend. Für nachmittags und morgens nehmen wir dann die Schnitten mit. 1,60 Mk. ist dafür ja nicht zu teuer. Die Marmelade, die wir für 4 Wochen erhalten, habe ich in anderthalb Wochen aufgebraucht.

Man kann es nun nicht Hamstern nennen, wenn ich Euch bitte, mir etwas Obst (Äpfel, Mottenbirnen und Quitten) zu schicken. Wenn möglich, auch etwas Butter. (Kaffee bekomme ich hier in meiner Wohnung zu den mitgebrachten Butterbroten freilich hochfein serviert.)

Ein ganz kleines Paketchen brauchte es nur zu sein. Die Kleider, die mir evtl. noch fehlen, kann ich ja Allerheiligen mitnehmen oder Ihr könnt sie später schicken. Legt bitte noch das Messer bei, das ich Hanne geliehen habe. Dann den Kasten für meine Uhr und das dicke Choralbuch und das weiße Buch Max Schelers, "Vom Ewigen im Menschen".

Ich wünschte, Du könntest einmal nach hier kommen und sehen, wie schön ich wohne. Schreibt bald einmal. Hoffentlich habt Ihr meinen Brief von Tante Mariechen erhalten. Mit frohen und herzlichen Grüßen an alle. Dein Helmi."

Sein Tagebuch:
„Paderborn, den 25.10.39. Einen "Beitrag zur Untersuchung des Prinzips der Einung im Erkenntnisakt" sei die Arbeit gewidmet, die ich jetzt beginne. In einem historischen Teile soll die Behandlung dieses Problems bei den meisten Philosophen aufgezeigt werden, in einem zweiten systematischen Teile sei eine eigene Untersuchung über den so schwierigen Komplex durchgeführt.
Paderborn, den 19.11.39. Heute vor 14 Tagen war ich mit zwei Kameraden bei den Externsteinen, am Hermannsdenkmal und in Detmold. Der Teutoburger Wald hat seine Schönheit! In Detmold sah ich die Kameraden, die mit mir eingezogen waren. Sie gingen in ihren blauen Uniformen in Scharen durch die Stadt. Ein seltsames Gefühl überkam mich bei dem Gedanken, dass ich eigentlich als gleiches unter ihnen sein sollte. Und der Gedanke lässt mich nicht los: War es nicht mein Glück?
In den letzten Tagen sind wieder Kameraden eingezogen worden. Hans Berster wurde plötzlich einberufen und unerwartet aus unserer Mitte genommen.
Gasthausenhof, 29.11.39. Ständig werden Kamera-

den von mir eingezogen. Es ist wahrscheinlich, dass ich heute Abend oder morgen meine Einberufung erhalte. Die in der Notiz vom 25.10.39 angekündigte Arbeit ist fortgeschritten, zunächst soll das erwähnte Phänomen in seiner historischen Entwicklung zur Behandlung kommen.

Gasthausenhof, den 2.1.1940. Paderborn hat sehr wahrscheinlich aufgehört, mein Studienort zu sein. Sollte es mir gestattet sein, auch das nächste Trimester zu studieren, so werde ich wahrscheinlich wieder die Universität Bonn besuchen. In diesen Tagen habe ich hier zu Hause das Bild "Kreuzabnahme", mit dem ich schon vor Jahren begonnen, fertiggestellt.

Von Altersgenossen hier in der Heimat wurden immer mehr eingezogen. Wann mag mein "Briefchen" kommen? Ich gehe, wenn ich einberufen werde, mit innerer freier Bereitwilligkeit! Ein unerschütterlicher Wille soll mir auch bei dem kommenden Geschehen maßgebend sein. Das Bewusstsein, dass alles in einem Plane wohlgeordnet und sinnvoll ist, dass ich also auch diese Urtrendigkeit und Unabwendbarkeit des "Schicksals" insofern banne und bewältige, als ich es in meinen Willen mit einbeziehe, in meiner Planung mit berücksichtige.

Bonn, 14.1.40. Seit dem 9. bin ich nun wieder in Bonn! Es freut mich, dass ich hier noch einige Zeit wieder studieren kann. In Siegburg gebe ich einem Obertertianer an drei Mittagen Unterricht in Latein, Griechisch und Mathematik.

Bonn, den 15. Jan. 40. Gertrud von Le Fort schreibt in ihrer Metaphysik des Geschlechtlichen, S. 64: "Der wirkliche Dichter weiß, dass auch das Objekt mit ihm dichtet; er weiß von diesen geheimnisvollen Eingaben in ihm, um seine oft wunderbare grenzenden Mitteilungen an ihn!" Es ist derselbe Gedanke, den ich im "Tagebuch für Philosophie A" vom Nov. 38 kurz skizzierte, S. 5 ff.: "Er (der Kunstverständige) dürfte meiner Behauptung, dass die gemalten Ideen nicht allein aus dem Geiste hervorgehen, ebenso geneigt sein, wenn ich ihn daran erinnere, wie unbewusst sie vor dem Objekte selbst auftreten (der Genius sagt dann, er sei inspiriert) und wie fremd sie vor ihm stehen, wenn sie vollendet sind …" Daraus erklärt sich auch das Gefühl der Einheit mit der Natur und mit jedem noch so unscheinbarem Individuum, ein Gefühl, das dem genialen Menschen innewohnt. Deshalb glaubt er auch oft von dem Eindruck der Welt erdrückt zu werden, weil der Drang zu ihr, zum Sein überhaupt diesen Segensdrang heraufbeschwört. Man darf sagen: Es wird geliebt; das Sein, die Welt liebt ihn. Hier macht sich der Anspruch als Präger eines tätigen Dranges bewusst. Deshalb glaubt das Genie, diese Last nicht mehr ertragen zu können, und der Künstler kann dies nur in der schöpferischen Einung mit dem Außer-Ich. "Das Ewig-Weibliche zieht ihn hinan."
Bonn, am 18. Jan. 1940. Drei Tage rastloser, zäher Arbeit liegen nun hinter mir. Mir war die Aufgabe gestellt, für einen Theaterabend Regisseur zu spielen. Ich

malte ein großes Bühnenbild als Szenenhintergrund. Nach dem Gedächtnis malte ich den Marktplatz von Paderborn mit Dom und "Warteturm" etc. Einen ganzen Tag lang gab es nur eifriges Pinseln, galt es doch eine 4 mal 5 m = 20 qm große Fläche zu bewältigen. Mein Arbeitsort war ein düsterer Kellerflur, in dem ich nur 1 m Abstand vom Bilde nehmen konnte. Die Wirkung des Bildes erfuhr ich dann erst, als es auf der Bühne hing. Man bedauerte beim Vorstand, dass es nicht auf dauerhaftes Material aufgetragen sei. Der Abend wird mir eine schöne Erinnerung bleiben!

Bonn, den 29. Februar 1940. Heute hielt Dr. Heinrich Lützeler eine Abschiedsvorlesung. Vom Herrn Kultusminister ist ihm – ohne weitere Begründung – die *venia legendi* entzogen worden. Das Schicksal dieses Geistes ist vielleicht Symbol für das der ganzen deutschen Kultur. Erschütternd habe ich diese Stunde erlebt und unvergesslich wird sie mir durch mein Leben gehen. Getroffen steht man von den Hammerschlägen dieses Geistes. Wie in Erz geformte Plastik, so steht sein gesprochenes Wort vor dem Hörer, in seiner hellen Klarheit und ehernen Festigkeit und sicheren Geformtheit. Mit den Worten "Gott segne unser geliebtes Volk!" stürzte er vom Katheder, wobei ihm das letzte Wort in der Kehle stecken blieb, so schwer war es ihm, die Tränen zurückzuhalten, so massiv suchte ihn der Schmerz zuletzt doch noch zu überwältigen, den er trotz der Tragik so mannhaft überwand.

Bonn, 10. März 1940. Es ist Sonntagnachmittag. Von

draußen klingt Flügelmusik herein in mein Zimmer. Da muss ich unwillkürlich den Klängen lauschen. Und im Augenblick ist meine Seele wieder fortgerissen in einen unsagbaren Strudel von Gefühlen, fort von aller Umwelt, fort von aller Arbeit. Es ist etwas Gewaltiges, das mich da von innen her bewegt. Etwas ringt in mir, das Form werden will. Dann strecke ich oft meine Hände aus und meine Finger bewegen sich, als müssten sie Gestalten formen. Doch ich greife ins Leere und unbefriedigt bleibt mein Sehnen. Ein Gefühl, der Verzweiflung nahe, überkommt mich dann, wenn ich mir bewusst werde, dass ich wohl niemals dazu komme, selbst bildnerisch zu schaffen. Muss ich dieses Vermögen nicht opfern, damit ich auf rein gedanklichen Schatz etwas leiste! In den vergangenen Monaten bin ich wieder ans Zeichnen geraten. Jedoch hat die Pflicht mich wieder davon weggerissen, d. h. ich habe mich überwinden und entsagen müssen. So ist es leicht verständlich, dass auch da nichts Fertiges herausgekommen ist. Wie in der Philosophie, so habe ich auch hier nicht den für mich geeigneten Lehrer gefunden. So bin ich auf diesem Gebiet ohne Ausbildung.

Bonn, den 11. März 1940 Heute war unsere letzte Seminarsitzung. Unsere Übungen hatten das Thema "Die Stellung der Aufklärung zu Christus" zum Gegenstande. Ich hielt heute mein Referat über die Geltung Kants zu Christentum und Christus. Zu Grunde legte ich die religionsphilosophische Schrift

Kants: "Die Religion unter den Grenzen der bloßen Vernunft".

Herr Professor Lang schrieb mir einen Seminarschein mit dem Prädikatem, dass ich den Anforderungen "mit größtem Erfolge" entsprochen habe. Abschließend muss ich wohl sagen, dass ich Leben in die Bude brachte.

12.4.40 Am Freitag, den 5. April erhielt ich meinen Gestellungsbefehl nach Elbing/Ostpreußen zu den Nachrichten. Gestern, Donnerstag, den 11., erreichte mich der Gestellungsbefehl B. Ich muss also morgen, den 13. April in Bonn zum Abtransport erscheinen. Es ist möglich, dass in Bonn noch Bestimmungsort und Truppengattung geändert werden. Die letzte Entscheidung bringt also der morgige Tag. Die Einberufung zum Kriege bedeutet zwar einen gewaltigen Einschnitt ins Leben; jedoch gehe ich entschlossen und durchaus gefasst. Das Leben zwingt mich nicht, sondern ich zwinge das Leben, so wie es kommt! Wer nicht wagt, der nicht gewinnt; und Gefahren und Schwierigkeiten sind nicht dazu da, dass man vor ihnen kapituliert. Der jetzige Lebensabschnitt soll mich als Mann finden, nüchtern und kühl, der sich auch des Schweren, das kommt, bewusst ist. Der weiß, wofür er sein Leben einsetzt. Der alles Geschehen in sein Leben einbegreift und mitgestaltet.

In Lebenslagen, die zu letzten Entscheidungen rufen, spricht die Lebens- und Weltanschauung das entscheidende Wort. Sie ist auch der Garant für die sittliche Höhe einer Tat, d. h. ob eine solche zustande kommt oder nicht. Ich hatte in diesem Leben das Glück, einer der "Wissenden" zu sein. Vielleicht ist diese Kategorie von Menschen mit diesem Wort noch nicht treffend gekennzeichnet. Anstatt sie hier näher zu identifizieren, sei nur das Folgende gesagt: 1. Es gibt den Zustand einer allerletzten Sicherheit und Gewissheit. Einer Gewissheit, die nicht nur intellektuell zu verstehen ist, sondern die den Menschen in seiner Ganzheit und gesamten Existenz umfasst. 2. Es gibt die Schau der Sinnhaftigkeit allen Geschehens (aller Faktizität) und der Wesenheiten und Wesenszusammenhänge als des Unwandelbaren im Wandelbaren. 3. Es gibt eine Stufung der Tiefe des Verstehens, vor allem im Verhältnis zum Mitmenschen und zum menschlichen Schicksal überhaupt. Ein letztes Umgreifen und Erfassen der Weltzusammenhänge gibt es. Ein Offensein für das "Kleinste" und "Alltäglichste", in dem ja letztlich das Große sich verbirgt. 4. Aus alledem ergibt sich eine Grundbefindlichkeit des Menschen: Eine letzte Unberührtheit und Erhabenheit des innersten Personkernes, ein innerstes In-sich- und Für-sich-Sein; das Sichgeborgen-Wissen in sich selbst sowohl wie in einer letzten Stunde, in Gott.

Es gibt also eine Einteilung, die alle Kreaturen umfasst: die Kategorie der "Wissenden" und die der "Nichtwissenden".

Und nun mit Gott!"

Helmi wurde Soldat. Einige Jahre später wurde auch Alois eingezogen. Vermissten- und Todesmeldungen häuften sich in der Nachbarschaft. Helmi hatte einem Brief an Mutter ein dienstliches Schreiben beigefügt:

6.5.41 Schreiben der Dienststelle für Eignungsuntersuchungen KOB-Gutachten zu Gefr. Helmi.

„Persönlichkeit: Helmi ist ein kräftiger, untersetzter Mensch von guten körperlichen Anlagen und ernstem, geprägtem Wesen. Er hat einen recht eindringenden und beweglichen Verstand, der sich auf Gebieten, die außerhalb seiner beruflichen Interessen liegen, rasch und sicher zurechtfindet, und eine gute sprachliche Begabung. Willensmäßig kann er seine an sich weniger aktive, mehr beschauliche Natur zu nachhaltigem und rückhaltlosem Einsatz straffen. Er ist begeisterungsfähig und echten Gemeinschaftswerten aufgeschlossen. Trotz seiner geistigen Anlagen und vielseitigen Interessen ist sein Wesen schlicht, unkompliziert und wenig zur Kritik fähig; er verfällt leicht in eine etwas übersteigerte Pathetik und gibt sich gefühlsmäßigen Gesamteindrücken hin, ohne immer zur klaren Erfassung des Einzelnen vorzudringen. Charakterlich ist er einwandfrei. Obwohl er von sich aus nicht immer leicht den Kontakt zu seinen Kameraden findet, wird er doch von ihnen wegen seiner geistigen Fähigkeiten und wegen seiner ernsten und pflichtbewussten Haltung auch als Führer anerkannt. Für seinen mutig-kriegerischen Einsatz scheinen die

Voraussetzungen gegeben zu sein.
Eignungsgrad: Kommt als K. O. B. bedingt in Frage.
Gez. Prof. Dr. Rüttenbach, Kr. V. Rat – Erg. Personalbegutachter des Heeres; gez. Dr. Doricki Kr. V. Rat – Personalbegutachter des Heeres."

Während die Lebichs daheim ihren religiösen Pflichten als Katholiken nachkamen und ständig auch um Gottes Schutz für die Söhne beteten, war von Helmi nichts mehr zur Religion zu hören. Der Priesterberuf war offensichtlich kein Thema mehr.

15.11.41 Helmi, inzwischen in Danzig bei der Heeresfunkstelle:
„Liebe Mutter, Dein Päckchen mit den erwähnten Sachen habe ich erhalten. Schönen Dank! Gestern erhielt ich den Brief von Hanne. Ich antworte bald in einem Brief. Hier gibt es noch nichts Neues. Weihnachten komme ich nicht auf Urlaub. Es wird überhaupt noch lange dauern, bis ich wieder auf Urlaub komme, weil zu Weihnachten und Neujahr keine Sonderregelung für Urlaub getroffen ist. Den Brief von Thea habe ich auch erhalten. Ich freue mich, dass sie schon Schreibmaschine und Stenografie beherrscht. Mit herzlichen Grüßen. Dein Helmi."

23.4.42 Helmi ist auf Urlaub daheim. Er bittet bei seiner Einheit um acht Tage Nachurlaub. „Grund: Dringende Arbeiten in der Frühjahrsbestellung. Bescheinigung des Ortsbauernführers folgt. Heil Hitler. Gefr. Helmi"

Antwort Feste Heeresfunkstelle Danzig: „Als Anlage wird ein neuer Kriegsurlaubsschein für die Zeit vom 17.4. bis 10.5.42, also mit der gewünschten Verlängerung von 8 Tagen übersandt. Den ersten Urlaubsschein legen Sie beiseite und geben ihn später hier ab, auf dem neuen Schein holen Sie den Meldestempel nach. Sollte eine Streife den Vermerk "Erholungsurlaub" auf Ihrem Fahrschein beanstanden, zeigen Sie den ersten Schein vor und erklären den Sachverhalt. Hoffentlich reicht nun die Zeit zur Bestellung Ihrer Felder. Freesen, Oberleutnant und Funkstellenführer."

Es waren schöne Tage Ende April und Anfang Mai. Die Lebichs waren alle glücklich, dass Helmi Urlaub hatte. Dann kam noch ein Brief, auf den hin Mutter Kuchen backte und den Kaffeetisch deckte.

30. 4. 42 an Helmi: „Mit Wirkung vom 1. Mai 1942 sind Sie zum Obergefreiten befördert worden. Herzlichen Glückwunsch. Oberleutnant Freesen."

Thea schrieb in ihr Tagebuch: „So recht wollte sich niemand freuen. Helmi war zwar noch optimistisch hinsichtlich des Kriegsausgangs, doch Angst und Sorge nahmen bei uns allen zu, wie ich mich erinnere. Im Gespräch mit seinen Freunden, die uns in jenen Tagen besuchten, überwogen Skepsis und versteckte Kritik an Hitler und seinen Genossen.

Das Weihnachtsfest, sonst mit Begeisterung gefeiert, wurde zum Fest der Stille und Besinnung und kam so seiner ursprünglichen Bestimmung näher. Das galt erst recht 1943, als die Kriegsaussichten immer düsterer wurden."

Alois schrieb aus Wien am 15.12.1943: „Meine liebe Mutter! Liebe Geschwister! Es ist ja nicht das erste Mal, dass Ihr das schönste aller Feste allein feiern müsst. Vier Jahre Krieg haben Euch vieles entbehren gelernt. Trotzdem, ich weiß es, wird am Heiligen Abend eine stille Träne fließen. Die Sehnsucht, doch nun endlich wieder beisammen zu sein, ist groß.
Meine Lieben, um am heiligen Abend im Geiste ganz zusammen zu sein, bitte ich Euch an diesem Abend um 20 Uhr, also 8 Uhr abends, ganz besonders an mich zu denken. Ich werde dann desgleichen tun, an Euch, meine Lieben. Beten wir einige Vaterunser und die schönen Weihnachtslieder ‚Stille Nacht' und ‚Am Weihnachtsbaum die Lichter brennen'.
Gesundheitlich geht es mir wieder sehr gut. Hoffentlich kann ich das Gleiche von Euch glauben. Es grüßt und küsst Euer Alois."

Am 28. 12. 1943 kam ein weiterer Brief von Alois: „Meiner lieben Mutter und meinen lieben Schwestern Hanne und Thea sende ich hiermit die herzlichsten Grüße und sage für die liebe, reichliche Weihnachtspost recht schönen Dank. Am Heiligen Abend kam noch ein lieber Brief von Mutter und Thea. Und der Weihnachtsmann brachte mir des Abends ein Vier-Pfund-Paket von der lieben Hanne. Ja, liebe Hanne, in diesem Jahr hast Du wirklich etwas ganz Besonderes für mich gebacken. Die Plätzchen lösten sich von selber im Munde, da hast Du bestimmt an nichts gespart. Wie machst Du das eigentlich? Meine Kameraden haben nicht so viel Glück gehabt. Sie warten zum größten Teil heute noch auf ihr Päckchen …

Eine schöne Weihnachtsfeier veranstalteten wir bei der Kompanie. Wie glücklich war ich am ersten Festtage, da ich Gelegenheit hatte, einer hl. Messe beizuwohnen. In der hl. Kommunion habe ich dem lieben Heiland Eure und meine Sorgen vorgetragen. Habe ihn gebeten und angefleht, uns doch recht bald einen siegreichen Frieden zu geben, ein frohes Wiedersehen in der lieben Heimat und über allem seinen Segen.

Wenn dieser Brief Euch erreicht, schreiben wir schon 1944. Ihr wisst es genauso wie ich, dass es ein Jahr größter Ereignisse werden wird. Der Krieg wird vielleicht noch grausamer werden. Auch unsere Familie kann er noch härter treffen. Wir sind und müssen auf alles vorbereitet sein. Die vergangenen Jahre haben uns geformt und gestärkt für die noch schwerere Zeit des Kampfes. Mit eiserner Zuversicht auf Gottes Hilfe und Schutz treten wir in das so geschichtliche Jahr und hoffen am Ende froh und glücklich wieder beisammen zu sein.

Liebe Mutter, es war gut, dass Du Deine Ansicht

über einen gegebenenfalls gewährten Studien-Urlaub mitteilst. Wenn auch diese Angelegenheit sehr wahrscheinlich nicht eintrifft, so ist es doch besser, uns darüber verständigt zu haben. Aus Bedburg (Lehrerausbildung) hörte ich noch nichts. Vielleicht ist die Sache etwas anders.

In den zweieinhalb Jahren als Soldat habe ich sehr viel von der Schulweisheit vergessen. Ob ich eine etwaige Prüfung bestehen würde, weiß ich nicht. Trotzdem werde ich jede Gelegenheit wahrnehmen, wo ich noch lernen und mich weiterbilden kann. Also ich würde mich sofort entschließen, nach Bedburg zu gehen. Zumal es nach meiner Ansicht ein Lehrgang sein würde und mich trotzdem zu nichts verpflichten. In Religions-Angelegenheiten kann und wird mir keiner dreinreden.

Wir wollen ruhig abwarten, wie der lb. Gott uns leitet, so wollen wir es annehmen. Wie sah es Weihnachten zu Hause aus? Na, darüber wird mir Thea geschrieben haben. Hier hat es schwer geregnet. Heute ist es dagegen sehr kalt. Es schneit. Lange wird es wohl nicht anhalten.

Hoffentlich sind meine vorhergehenden Briefe angekommen. Die Post von Euch erhalte ich doch ziemlich regelmäßig.

Noch so viel hätte ich zu schreiben und zu fragen. Aber wenn Ihr gesund und froh seid, meine Nachrichten von Helmi habt, dann bin ich zufrieden. Wie "sehr" durfte ich nicht schreiben. Es ist doch die

Hauptsache, gesund zu sein. Liebe, liebe Mutter, viele Grüße und Küsse von Deinem Sohn. Liebe Hanne, liebe Thea, es grüß Euch Euer Alois. Gute Nacht!"

Beiblatt: „Und nun die Hauptsache! Meine neue Adresse L33736 (n) Lg. Postamt Breslau. Schreibt! Schreibt! Schreibt! Euer Alois – Brief bitte verbrennen, da Schrift saumäßig."

In dem Brief sprach Alois an, was er eigentlich werden wollte, nämlich Lehrer. Den angestrebten Sonderlehrgang aber gab es nicht. Auch wussten Mutter und Schwestern, dass Alois seine Hoffnung auf einen siegreichen Frieden nur als Tarnung gegenüber der Feldpostkontrolle geschrieben hatte; in Wirklichkeit glaubte er an einen solchen Ausgang von Anfang an nicht. In der Hinsicht war er weit skeptischer als Helmi.

28.3.44 – Brief von Mutter an Helmi:
„Unser lieber Helmi. Einen herzlichen, innigen Gruß und einen festen Händedruck von uns. Ob und wann werden Dich diese Zeilen erreichen. Möge der Himmel, der Dich doch bis jetzt beschützt, Dich weiter beschützen. "Herr, lass das Wunder geschehen und erhöre unser flehentliches Gebet", so rufen wir täglich zum lb. Gott, dass er Dich doch, bei all dem furchtbar Grausamen, retten möge.
Viel können wir jetzt nicht schreiben. Wir leben ja in

großer Angst, da es genau einen Monat her ist, vom 29.2., wo wir das letzte Schreiben von Dir haben. Von Alois erhielten wir heute noch Post vom 21.3. Bei ihm ist noch keine Veränderung eingetreten, aber er hat eine neue Anschrift. Die Veränderung bei Dir hat uns sehr traurig gemacht. Wir hoffen noch immer auf Erhörung unseres Gebetes.

Hier ist noch alles gut. Mit den Fliegerangriffen ist es ja auch immer ein Risiko. Meistens greift man ja die Städte an. Lieber, lieber Helmi, ich möchte Dir nicht so viel schreiben, ich möchte mit Dir leiden, ich tue es auch, ich denke Tag und Nacht nur an Dich und rufe zum Himmel. Alois schreibt, er wolle gern für Dich dort sein, wenn Du doch nur gerettet würdest. Ich weiß, wie es um Deine Gesundheit steht, und solch Grausames hält auch der Gesündeste nicht aus, was man liest und hört, und dann die Todesnot und Gefahr.

Heilige Maria, sei Du ihm Mutter und stehe ihm bei, wo die leibliche Mutter nicht helfen kann. Gott schütze und segne Dich und alle Kämpfer an der Front. Ich schreibe fast jeden 2. Tag selbst. Vorige Nacht war es schrecklich mit all den Bombern über uns, aber sie flogen zurück nach Westen. Hier ist es nichts im Vergleich mit dem, was Ihr mitmachen müsst.

Es grüßen Dich in Liebe Deine Mutter und Geschwister.

Es ist schon ziemlich schönes Wetter hier. Hier werden auch eine Reihe Behelfsheime gebaut."

Am 3.4.44 hatte Prof. Dr. Wehrenstein aus Danzig-Oliva an Helmi geschrieben: „Lieber Helmi! Erst gestern hatte ich einen Brief an Ihre letzte Feldpostnummer abgeschickt, der nun wohl auch zurückkommen wird. Ich freue mich zu hören, dass Sie fürs Erste aus dem Schlimmsten raus sind. Ich rechne damit, dass Sie mich besuchen werden. Wir wollen dann auch überlegen, ob sich nicht doch ein Weg finden lässt, um Ihnen Zeit zu verschaffen für den Abschluss Ihrer Doktorarbeit. Meine Familie habe ich in den Teutoburger Wald gebracht. Ich bewohne mein Häuschen augenblicklich ganz allein. Ihnen gute Genesung wünschend und auf ein baldiges Wiedersehen hoffend mit herzlichen Grüßen Ihr W. Ehrenstein."

Dieses Schreiben kam in unsere Hände, weil Helmi offenbar mangels Schreibpapier uns auf die Rückseite seine Grüße geschickt hatte. Auf Fahrt 27.4.44 – „Liebe Mutter! Soeben bin ich in Dirschau angekommen und fahre gleich weiter in Richtung Danzig, von wo ich bald nach Warschau weiterfahren werde. Mein Zug fuhr nicht über Hamm, sondern über Münster, Osnabrück. Deshalb traf er dreieinhalb Stunden später, als ich annahm, hier ein. Sonst war die Reise bisher ohne Zwischenfälle.

Ich möchte Dir nochmals ganz herzlich für alles danken, Dir, der Hanne und auch der Thea, die mich bis zur Bahn begleiteten. Du sollst Dir um mich nicht so viele Sorgen machen. Ich werde nichts Unbedachtes tun. – Und wenn man selbst in Gefahr ist, sieht sie sich halb so schlimm an wie für Euch, die Ihr derselben nur von weitem gegenübersteht in bangem Warten. Hoffentlich kommt von Alois bald Post. Mit herzlichen Grüßen Dein Helmi."

Ostfront, 11.5.44

„Liebe Mutter! Recht herzliche Grüße von Deinem Helmi. Gestern erhielt ich zwei Briefe von Dir, vom 26.4., den Du kurz nach meiner Abfahrt schriebst, und vom 28.4.. Inzwischen wirst Du wohl erfahren haben, dass ich wieder heil bei der Einheit gelandet bin. Den Brief aus dem Lazarett in F. nimm nicht so tragisch. Die Frontleitstelle Warschau hat mich schon am 28. nach Przemysl weitergeleitet, das ich auf dem Umweg über Krakau erreichte.

Ich habe Dir nun etwas Wichtiges mitzuteilen. Wir werden wieder zu unserer alten Division zurückversetzt. Sehr wahrscheinlich werden wir dann auch die alte Feldpostnummer 10221 wiederbekommen. Ich teile Euch das sofort mit und Ihr könnt bis dahin noch auf meine jetzige Nr. 34848 schreiben, oder auch noch weiter auf 18221a; denn diese Post ist jetzt ja auch noch immer angekommen. Leider vermute ich, dass jetzt bei der kommenden Rückversetzung zur alten Division aus meinem Urlaubsgesuch nichts wird. Es liegt jetzt ja bei dieser neuen Division und man verschleppt es. Ich habe auch von Anfang an nicht an dieses Wunder glauben können.

Halte Du Dich gesund, liebe Mutter. Ich wünsche Dich noch recht viele Jahre zu behalten. Einliegend zwei Luftpostmarken. Per Luftpost soll es jetzt zur Front schneller gehen als rückwärts. Schickt sie aber erst, wenn Ihr die endgültige Nummer habt. Ich küsse Dich und bleibe ganz Dein Sohn Helmi. Grüße ebenfalls ganz herzlich Hanne und Thea."

Ostfront, 18.5.44 – „Liebste Mutter! Seit gestern Abend sind wir im Einsatz. Ich musste gleich in der ersten Nacht hinaus und meine Pflicht als Nachrichtenmann tun. In meinem Abschnitt ist es ruhig, d. h. es wird keine Offensive gemacht. Das bedeutet nun nicht, dass nicht geschossen wird. Ich wohne mit meinen Nachrichten-Männern und einem Sanitäter in einem stabilen Bunker. Alle arbeiten daran, dass er möglichst sicher und andererseits auch gemütlich wird. Der Iwan schießt nun schon seit Stunden mit seiner schweren Artillerie und setzt seine Koffer hier in der Nähe ab. Sie fliegen schön über unseren Bunker hinweg.

Das Wetter ist herrlich. Die Sonne lacht vom klaren Himmel, überall grünt es. Das Land hier ist reizend schön. Weißt Du, Mutter, unseren Unterstand nennen wir "Lilli Marlen". Wir fanden nämlich hier im Felde eine Straßenlaterne aus der Stadt. Nun steht sie vor unserem Bunker und soll ihm den Scherznamen geben, entsprechend dem Soldatenlied von der

Laterne.

Vergangene Nacht kam ich erstmalig in die ersten Gräben. Es war für mich ein Erlebnis.

Mutter, hoffentlich gibt es bald wieder Post von Euch. Ich warte sehnlichst darauf. Mit ganz herzlichen Grüßen und Küssen. Dein Helmi. Ganz innigen Gruß auch an Hanne und Thea."

In Stellung 25.5.44 – „Liebe Mutter! Ganz kurz einen lieben Gruß! Mir geht es noch gut. Ich habe nun wieder etwas Fieber. Genau wie es beim Wolhynischen üblich ist: nach fünf Tagen bricht es wieder aus. Aber unsere Stellungen sind ruhig. Deshalb will man mich hier mit Tablettenkuren gesund machen. Du, von dem Fleisch habe ich immer noch und ich bin so froh drüber. – Ich sehne mich so nach lieber Post von Euch und von Dir, liebe Mutti. Ich habe Euch alle sehr lieb. Euer Helmi."

3.6.44 Samstag, in Stellung: „Liebste Mutter! Gestern schon erhielt ich Eure, Deine und Theas liebe Zeilen vom 21.5. Du, liebste Mutter, näher eingehen auf Eure lieben Worte kann ich im Augenblick nicht. Ich erlebte nämlich soeben erstmalig ein Trommelfeuer des Iwan. Kurz vor Einbruch der Dunkelheit ging das Konzert los: Stalinorgel, Artillerie und Granatwerfer durcheinander. Das war für mich Greenhorn noch neu. Jetzt ist die Nacht ziemlich unruhig und ich schreibe Dir, liebe Mutter, nur, weil morgen wieder einer meiner Nachrichten-Männer in Urlaub fährt. Er bringt neben diesem Brief auch ein Päckchen an Dich mit.

Dass in der Landwirtschaft bei Euch wieder alles so schön klappt, freut mich. – Beten wir füreinander und nehmen wir alles so hin, wie Gott es schickt. Was er tut, das ist wohlgetan. Aber vertrauen wir auf ihn, dass er keines unserer Gebete unerhört lässt. Ich grüße Dich recht herzlich Mutter, und Euch, Hanne und Thea, Euer Helmi."

In Stellung 27.6.44: „Liebe Mutter, liebe Geschwister! Ein paar Tage blieb ich ohne Brief. Es geht mir noch recht gut. Infolge einer gewissen Aktivität des Iwan wird die Zeit nicht langweilig. Bei uns direkt ist die Musik noch nicht so toll geworden, wie sie werden könnte oder werden wird. Ihr zu Hause müsst die Ruhe bewahren und vertrauen. Wenn Ihr ständig in Unruhe lebt, werdet Ihr auf die Dauer krank. Gesundheitlich geht es mir so recht und schlecht. Die neue Betätigung gestattet mir eine ordentliche Erholung. Ich brauche nicht mehr Tag und Nacht durch die Gräben zu laufen. Das ist viel wert.

Seht doch bitte ab und zu einmal nach den Büchern oben im Zimmer, dass kein Regen drankommt und es die Seiten löscht. Es sind sehr wertvolle Exemplare dazwischen, weil durch den Krieg so vieles zerstört ist, auch Verlage mit Druckwalzen usw.

Mutter, am liebsten hätte ich noch einige Kleinigkeiten nach Hause geschickt. Hast Du von dem Wiener Urlauber das kleine Päckchen mit Brieftasche, Kamm usw. erhalten? Teile mir das doch bitte umgehend mit. Hier im Bataillon ist auch ein Obergefreiter Fritz Schwamborn aus dem Nachbarort. Er funkt auch. – Liebe Mutter, ich habe mal ein Päckchen fertig gemacht. Ich werde mal sehen, wann ich es abschicke. Es enthält meine russischen Bücher, 2 Dosen Fisch, 1 Dose mit Tee und Zigaretten. Ich grüße Euch alle recht herzlich. Helmi."

An dem Donnerstagnachmittag, am 20. Juli 1944, war Hanne mit ihrem Fahrrad zur Bäckerei gefahren, um noch ein Brot zu kaufen. Sie wollte gerade ihr Rad wieder besteigen, als die 18-Uhr-Nachrichten aus dem geöffneten Wohnzimmerfenster der Bäckerei ungewöhnlich laut verkündet wurden:
„Ein feiges Bomben-Attentat auf den Führer ist gescheitert! …"
Hanne hatte erst gar nicht weiter zugehört, sich auf das Fahrrad geschwungen und radelte in hektischer Eile heimwärts.
Noch atemlos von der schnellen Fahrt stürzte sie ins Haus mit der unglaublichen wie enttäuschenden Nachricht für die Mutter und für Thea, die dann nicht schnell genug den Volksempfänger in Gang setzen konnte, erwischte aber noch die ausklingenden Berichte von dem gescheiterten Attentat in der Wolfsschanze mit Toten und Verletzten, aber auch von ei-

nem von der „Vorsehung" verschonten Adolf Hitler.
Der meldete sich dann in der Tat anderentags in den
Nachrichten mit seiner knarrenden Stimme:

„Eine ganz kleine Clique ehrgeiziger, gewissenloser
und zugleich verbrecherischer, dummer Offiziere hat
ein Komplott geschmiedet, um mich zu beseitigen
und mit mir den Stab praktisch der deutschen Wehr-
machtsführung auszurotten. Diesmal wird so abge-
rechnet, wie wir das als Nationalsozialisten gewohnt
sind."

Es gab keinen Zweifel: Alle irgendwie Beteiligten
würden umgebracht.

Die Lebichs hatten auf ihrer Wiese vom Nachbarn
das Gras mähen lassen und waren jetzt dabei, das in
der Julisonne schnell trocknende Heu umzuwenden.
Schwitzend von der Arbeit machte Mutter Christine
eine Pause und stammelte mühsam: „Das alles nimmt
ein schlimmes Ende. Was wird mit uns passieren, was
mit unseren Jungen an der Front? Ihr wisst doch,
die Russen sind auf dem Vormarsch in Richtung
Deutschland. Die Engländer und Amerikaner sind in
Frankreich gelandet und werden wohl auch bald hier
bei uns sein!"

Der unvermutete Schock traf gut eine Woche später
ein:
29. Juli 1944, Lemberg – Helmi wurde vermisst gemeldet. Zwei der örtlichen Parteigrößen in ihren

schwarzen Ledermänteln überbrachten die Botschaft mit „Sieg Heil" und der Anerkennung des Führers für den geleisteten Dienst des Vermissten.

Die waren dann schnell ohne weiteres Gespräch aus dem Haus, die Nachricht aber löste bei den drei Frauen totale Verwirrung aus. Alle redeten sich unter lautem Weinen in gegenseitige Vorwürfe:

Wer sah die Dinge richtig? War dieser „wahnsinnige Hitler" schuld, waren es die Offiziere, die Generäle? Sohn und Bruder Helmi war vermisst gemeldet. Nicht mehr, nicht weniger. In Lemberg in Polen sollte es geschehen sein. Also näher hin zu Deutschland.

Die drei Frauen ließen ihre Vermutung um den Ort Lemberg kreisen – Dorf oder Stadt? Nein, weiter draußen vor der Stadt musste es gewesen sein.

„Helmi ist bestimmt in Gefangenschaft geraten!"

„Hoffentlich ist er nicht schwer verwundet."

„Wie kommst du denn darauf?"

„Wenn er nicht in Gefangenschaft geraten ist, dann schlägt er sich sicher zu unseren Soldaten durch, dafür ist er klug genug."

Die Tränen flossen reichlich und aus dem eher wirren Gerede wurde mehr und mehr dumpfes Schweigen und Vor-sich-hin-Starren. Da saßen sie also, unfähig, auch nur einen klaren Gedanken zu fassen.

Hanne machte sich davon, um nach den zwei Kühen zu sehen, die jetzt als Milchgeber so wichtig waren wie das tägliche Brot. Die Wiese um das Haus erwies sich als Glückstreffer für den Unterhalt dieser beiden noch etwas mageren Kühe. Der Abstellschuppen diente als Stall. Man war schon zufrieden, dass es diese Möglichkeit gab. Mehr sollte es ohnehin nicht sein. Würden die Zeiten besser, werde man die Kühe wieder verkaufen.

Hanne trug Heu zusammen, dachte wohl den Tieren in dieser Notsituation gut zu sein, wie zum Trost, eher für sich selbst. Sie klagte über Kopfschmerz, als sie der Thea ansichtig wurde. Sie quälte noch einmal die Nachricht von der Front aus sich heraus, Bruder Helmi vermisst, das war nicht nur für diesen Tag zu viel. Sie hatte ihn beneidet, weil er studieren konnte, sie selbst aber davon abgehalten wurde, obwohl sie gerne Lehrerin geworden wäre.

Thea nahm sich eine Heugabel, sie wollte jetzt Hanne helfen. Es tat gut, sich anders zu beschäftigen – nicht mehr an die schlechte Nachricht denken! Doch es ging nicht. Sie spürte, dass Hanne ebenfalls mit Gedanken beschäftigt war. Sie selbst überlegte: Mutters Devise war einfach. Nach dem plötzlichen Tod des Vaters müsse jemand ihr bei der Haushaltung beistehen. Hanne werde in dieser Notzeit mehr denn je zu Hause gebraucht, denn sie, Thea, noch Schülerin der Berufsschule, sei schon für den Herbst dieses Jahres zum Hilfsdienst im BdM verpflichtet, werde dann also nicht mehr zu Hause sein.

„Ich weiß, Hanne, dich hatte man übrigens auch zum Kriegsdienst in Form von Truppenbetreuung in der

Eifel abkommandieren wollen, geholfen hatte dir, dass du die eigene Landwirtschaft allein betrieben hast", suchte Thea die Unterhaltung mit Hanne. „Jetzt das mit Helmi. Er wird nicht wiederkommen. Ich sage dir aber ehrlich, es tut mir leid, dass du hier zuhause aushalten und die Landwirtschaft führen musst. Aber du weißt, ich kann es nicht."

„Du hättest es auch gar nicht erst versucht", kontert Hanne.

Thea: „Aber was ist jetzt wichtig? Helmi kommt nicht wieder!" – still bei sich: ‚Der doch so hoffnungsvoll begabt und schon erste Lorbeeren auf der Universität in Berlin geerntet hat. Was genau will der eigentlich jetzt studieren? Philosophie, Psychologie oder welche Laufbahn will er einschlagen, vielleicht in der Mathematik eine besondere Rolle spielen, ein Fach, in dem er sehr gut ist? Ich weiß es nicht mehr genau. An den Priesterberuf denkt er wohl nicht mehr. Um ehrlich zu sein, ich habe den Helmi sehr verehrt, aber über alles, Mama.' Thea konnte sich von diesen Gedanken nicht lösen.

„Vielleicht ist er trotz aller Fürsprachen der Dozenten deshalb an die Front beordert worden, weil er in einem katholischen Konvikt Schüler war. Dadurch war er sicher bei den Nazis als Kirchgänger verdächtig", sprach sie erneut Hanne an, während sie die beiden Kühe mit frischer Streu versorgte und Futter nachlegte.

Hier war das Gespräch beendet. Thea verschwand in ihr Zimmer und holte ihr Tagebuch aus dem schon abgenutzten Schreibtisch. Wie von selbst floss es ihr aus der Feder:

„Aus der dem Haus angebauten Schmiede hämmern dumpfe Schläge in mein Denken. Da wird ein glühendes Eisen verarbeitet, womöglich ein neuer Pferdebeschlag. Ich habe immer gern zugeschaut, wenn ein Pferd in die Schmiede gebracht wurde. Die Tiere waren mir wichtig, ihr stolzes Aussehen, ihre schöne Gestalt, der Hufbeschlag selbst erregte eher mein Unbehagen. In der Beziehung waren wir, Hanne und ich, uns ähnlich."

Von drunten rief ein Soldat nach ihr. Er fragte, ob er und sein Kumpel ein paar Eier kochen könnten. Eine „bespannte Versorgungs-Einheit", überwiegend sächsische Soldaten, nutzte die Schmiede zu Hufbeschlag und anderem.

Thea lief nach unten, regelte das Eierkochen und flüchtete erneut in ihr Zimmer und setzte ihre Tagebucheintragungen fort. Dass die Hanne so unter ihrer Situation litt, war ihr peinlich, denn ihr selbst war ja ein anderes Los beschieden. Aber auch sie haderte mit dem Schicksal, obwohl sie in der Schule ganz gut abschnitt, aber sich dennoch nach mehr Anerkennung in der Öffentlichkeit sehnte. Ihre Gewohnheit, alle Erlebnisse aufzuschreiben, erhielt nun neue Nahrung, aber die Unterbrechung durch die Soldaten hatte den Schreibfluss beendet. Nur wenige Sätze brachte sie noch zu Papier. Abschluss: „Da liegt er, verwundet, keiner hilft, ein russischer Soldat findet ihn? Hilft ihm? Erschießt …"

Über aller Sorge und Angst um ihre Brüder musste Thea auch ihre eigenen Probleme durchkämpfen. Das war die tägliche Fahrt zur kaufmännischen Berufsschule unter Kriegsgefahr, die Sorge um einen entsprechenden Arbeitsplatz.

Dann aber hatte sie doch nach erfolgreichem Abschluss der Handelsschule in Köln Arbeit bei einem Steuerberater ab 1.1.43 als Volontärin gefunden. Die monatliche Vergütung betrug 50 Reichsmark. Außerdem wurden Fahrtkosten in Höhe von 21,80 RM übernommen, Sozial- und Steuerabgaben. Ihre Arbeitszeit war festgesetzt auf werktäglich von morgens 9 Uhr bis 17 Uhr; Mittagspause eine halbe Stunde.

Aber die Kriegswirren, die ungewisse Lage gerade auch für einen Steuerberater, die Angriffe und dann auch Bombenschäden am Haus in Köln brachten eine neue Wende: Am 25. Mai 1943 bescheinigte Herr Münch der leider gekündigten Thea Lebich: „Sie ist in beiderseitigem Einverständnis ausgeschieden. Mit ihren Leistungen war ich zufrieden, sie war fleißig, pünktlich und zuverlässig, auch in Geldsachen gewissenhaft."

Das war zunächst ein Schock. Daheim führte es aber zu mehr Entschlossenheit. Eine neue Arbeitsstelle musste her. Thea bewarb sich, egal welche Sparte auch für sie in Frage kommen könnte.

Zum Glück fand sie eine Anschlussstelle bei „Hauptsaaten für die Rheinprovinz GmbH". Das Anstellungsschreiben war an die Mutter gerichtet:

„Wir haben heute Ihre Tochter Thea in unseren kriegswichtigen Betrieb der Ernährungssicherung eingestellt als Anlernling, nachdem sie eine kaufmännische Berufsschule absolvierte und ein halbes Jahr praktische Tätigkeit bereits ausgeübt hat.

Wir haben durchgehende Arbeitszeit von 8 Uhr morgens bis 17 1/2 Uhr abends, haben uns aber einverstanden erklärt, dass Ihre Tochter morgens eine halbe Stunde später beginnt und abends eine halbe Stunde länger arbeitet zum Ausgleich, weil sie von auswärts nach Köln kommt.

Wir haben Ihre Tochter in Gruppe II übernommen auf Grund ihrer guten Zeugnisse und der zufriedenstellenden Vorprüfung, der wir sie unterzogen haben. Sie bekommt nach Tarif Sonderklasse Köln-Stadt bis zum vollendeten 18. Lebensjahr RM 90,--, abzüglich 10 % für weibliche Angestellte = RM 81,-- und wird ca. RM 5,-- monatliche Abzüge haben. Wenn sie sich wirklich bewährt, wovon wir überzeugt sind, hat sie gute Entwicklungsmöglichkeiten und wir wollen dann auch der Frage nähertreten, ihr wenigstens einen Teil der Fahrtkosten zu vergüten. Wir bitten um kurze Bestätigung, dass Sie mit diesen Abmachungen einverstanden sind. Heil Hitler."

Na ja, in diesen Zeiten musste man nehmen, was angeboten wurde. Thea hatte keine Sorge, sie würde das auch hier bewältigen. Mutter und Schwester bestärkten sie darin, sie waren mit ihr froh, dass sich überhaupt bezahlte Arbeit gefunden hatte.

Am Nachmittag dieses Tages kam die Nachbarin zu den Lebichs, um ihr Bedauern auszudrücken. Sie habe gehört, dass der Helmi vermisst sei. Gleiche Kunde habe auch diesen oder jenen getroffen, wusste sie zu berichten, auch von Gefallenen aus dem Bekanntenkreis. Ihr Mann habe gesagt, das sei nun einmal so in einem Krieg, alle müssten mithelfen und junge Männer gehörten natürlich an die Front, sosehr dies auch zu großem Leid führen könne. Das sei auch im 1. Weltkrieg so gewesen, als er selbst an die Front musste.

Für die Lebichs war diese Auslassung kein Trost, eher das Gegenteil. Kaum war die Nachbarin weg, da war die helle Aufregung wieder da.

Laut vor sich hin sprechend wechselte Christine Lebich von Zimmer zu Zimmer im Erdgeschoss. Es gab hier unten zwei Wohnräume, oben zwei Schlafzimmer unter schrägem Dach.

Sie griff nach einem Buch auf dem Wohnzimmerschrank, stellte es wieder hin, zupfte die Tischdecke auf dem schweren, ererbten Holztisch zurecht. Schaute nach dem Herd, legte ein paar Holzscheite nach: „Unser armer Helmi, der gute Junge! Wo ist Hanne? Sie soll etwas zum Essen machen!"

Und wieder Tränen, sie ließ sich in den alten Armstuhl fallen, starrte zum Fenster.

„Warum trifft es uns?"

Das Lamentieren nahm kein Ende. Und immer nur: Was ist mit unserem Jungen? Dabei waren sie so stolz auf ihn. Warum dieser Krieg? „Jetzt fehlt nur noch, dass auch dem Alois etwas passiert, der kommt bestimmt in Fronteinsatz in Frankreich."

Dort waren am 6. Juni 1944 in der Normandie die Alliierten gelandet und waren ständig im Vormarsch Richtung Westdeutschland.

„Lieber Gott, lass den Helmi wiederkommen und beschütze auch den Alois!"

„Wie wird das mit uns gehen, bei den Schulden, die mein Mann hinterlassen hat?"

Knapp eine Woche später warf der Briefträger einen Brief ein, der das Schlimmste erahnen ließ. Ein Feldwebel schrieb, er habe zuletzt den Kamerad Helmi verwundet am Straßenrand liegen gesehen. Ein Sanitäter habe sich um ihn gekümmert. Er selbst aber habe weiter gemusst in der Rückwärtsbewegung, denn sie hätten unter schwerem Beschuss einer russischen Einheit gelegen.

Am Tag zuvor habe er mit Helmi persönlich gesprochen. Der habe ihm noch gesagt, dass er deshalb Soldat geworden sei, weil jemand in seiner Heimat einen Hinweis an das Militärkommando geschickt habe, er, Helmi, müsse genauso Wehrdienst leisten wie andere junge Männer auch und Fürsprachen seitens der Universität dürften nicht gelten. Aber Helmi habe dies inzwischen längst hinter sich gelassen, zumal er viele gute Kameraden angetroffen habe und sich in ihrer Gemeinschaft wohl fühle.

Schließlich sei er ja auch schon zum Unteroffizier befördert worden, schrieb der Mann, und fügte hinzu, er glaube, dass Helmi wahrscheinlich in ein Feldlazarett überführt worden sei. Von dort werde er sich bestimmt melden. Die Lazarette würden Zug um Zug weiter zurück hinter die Front verlegt.

„Das ist es! Jetzt wissen wir, dass unser Nachbar nachgeholfen hat, dass Helmi Soldat werden und an die Front musste. Neid und Eifersucht!" Thea konnte nicht an sich halten.

„Der hat uns das nicht gegönnt, dass Helmi so viel Erfolg hatte!", schrie sie in den Raum, ein geradezu hysterischer Ausfall, sie wusste es. Zweifel ließ sie bei sich erst gar nicht aufkommen. Ein Nachbar?!

„Wieso Nachbar, kann es nicht der Bürgermeister gewesen sein oder der Ortsbauernführer? Ist es eher wohl eine der Nazigrößen? Da ist doch der Neue aus Köln jetzt im Dorf, ein Radikaler, wie sie sagen", meldete sich Hanne, die dabei war, Essen herzurichten.

Jetzt ging es wieder wild durcheinander. Unter Weinen bestätigten sie sich gegenseitig, dass sie nun die Wahrheit wüssten, die Schuld an ihrem Unglück kennen würden. Denn ohne Helmi, wo gab es da noch eine gute Zukunft?

Mehr denn je müssten sie nun selbst mit ihrem Schicksal fertig werden, mit dem Lebensunterhalt, mit den Schulden und mit dem Leid.

„Wir müssen uns jetzt ganz zurückhalten, wir können niemand mehr trauen, erst recht nicht der Nachbarschaft", konnte Thea nur noch unter Weinen hervorbringen. „Mama, was meinst du?"

„Ich werde in den nächsten Tagen nicht aus dem Haus gehen, einer von euch muss die Einkäufe machen!"

Thea kramte in Briefen und Zetteln, die sich auf dem Radioschrank angesammelt hatten.

„Was suchst du?"

„Ich werde sofort einen Brief ans Rote Kreuz schreiben. Vielleicht wissen die mehr zu den Vermissten."

„Wer weiß, vielleicht gibt das noch mehr Ärger bei den Behörden? Du weißt, dass man sich jetzt sehr schnell verdächtig macht, zumal die Kriegslage für Deutschland immer schlechter wird. Jetzt sind die Nazis sehr nervös und werden immer brutaler", meldet sich Hanne. Die machte sich am Herd zu schaffen. Das Holz brannte nicht so recht, war wohl noch etwas feucht vom Regen am Vortag.

Ein Flugblatt, das ein alliiertes Flugzeug in der Nacht abgeworfen hatte und hinter dem Haus zu Boden geflattert war, erinnerte später noch einmal an Lemberg. Dort nämlich sei ein Kreishauptmann und damit oberster ziviler Herrscher in Lemberg der Krefelder, Alois von der Leyen, gewesen. Einen großen Teil der jüdischen Bevölkerung habe die SS ermordet, unter anderem im von den Nationalsozialisten eingerichteten Ghetto Lemberg, im städtischen KZ Janowska und im Vernichtungslager Belzec. Insgesamt seien in Lemberg und der Lemberger Umgebung während der NS-Besatzung ca. 540 000 Menschen in Konzentrations- und Gefangenenlagern umgebracht worden, davon 400 000 Juden, darunter fast alle jüdischen Stadtbewohner (ca. 130 000). Die restlichen 140 000 seien russische Gefangene gewesen. Dazu der brutale Naziterror gegen die polnische Bevölkerung. Nun also sei Lemberg befreit und in sowjetischer Hand.

„Wisst ihr, was das heißt", geriet der Thea die Stimme zu schrillem Ton, „die lassen da keinen Deutschen mehr leben!"

Hanne hatte entschieden, sie werde durch die große Wiese einen Zaun ziehen, um Abgrenzungen für die Kühe zu schaffen. Man könne dann die jeweilige Weide wechseln und dadurch eine bessere Ausnutzung ermöglichen. Das aber hieß, dass aus dem nahen Wald Weidepfähle beschafft werden mussten, und die waren von den Frauen selbst heranzuschaffen, denn Männer standen ja nicht mehr zur Verfügung. Hanne bat die Thea, mit in den Wald zu kommen, um ihr bei der Holzschleppe zu helfen. Sie zogen also mit der Handkarre los und beluden sie mit den Pfählen. Es war ein typischer Herbsttag an diesem 27. September 1944. Größeres Gewölk wechselte mit sonnigen Abschnitten. In der Frühe war es schon recht kühl. Und überhaupt – seit Mitte September mussten die Öfen den ganzen Tag über brennen. Hanne hatte noch beizeiten Briketts besorgt, aber meist heizten sie mit Holz aus dem eigenen Wald.

Es war wohl kurz vor elf Uhr, als die Erde bebte und ein donnerähnliches Geräusch die beiden aufschreckte. Es war, als gehe ein Rauschen durch die Bäume. Ein nächster gleichartiger Schlag und so heftig, als würde die Luft zusammengepresst, ihnen der Atem genommen. Kein Zweifel – Bombenangriff auf Köln und Umgebung oder noch näher. Gestern hatten sie bei klarer Luft die Türme des Kölner Doms in der Ferne ausmachen können.

Die Schläge jetzt in steter Folge schienen ganz neu, viel härter, viel schwerer – Luftminen, hieß es schon Tage zuvor, seien mehr im Einsatz. Angst erfasste die beiden. Thea selbst ließ in panischem Schrecken alles fallen, was sie in Händen hatte, und rannte los, heimwärts. Ihr Keuchen den Berg hinan dröhnte ihr zusammen mit dem lauten Knallen in den Ohren. „Ich war nicht mehr ich selbst", sagte sie später.

Daheim rannte sie, ohne nach der Mutter zu fragen, sofort in den Gewölbekeller und betete laut vor sich hin, versprach tägliche Anbetung und glaubte sich dadurch gerettet. Die Mutter war natürlich ebenfalls beunruhigt, Hanne auch, aber beide blieben oben in der Wohnung.

Noch längere Zeit durchrüttelte dieser Bombenangriff das junge Mädchen, sie mühte sich um ruhiges Atmen und entkrampfte sich erst dadurch, dass Mutter und Hanne beruhigend auf sie einredeten:

Der Angriff gelte nicht ihnen, treffe aber wieder viele Menschen in Köln und Umgebung.

Ein entsprechender Hinweis wurde schon tags darauf deutlich, als „Flüchtlinge" aus Köln bei Lebichs anfragten, ob sie eine Unterkunft haben könnten. Sie seien ausgebombt. Deren damals bescheidenen Wohnverhältnisse akzeptierten sie indes und begaben sich weiter auf Wohnungssuche in der Nachbarschaft.

Mutters Brief an Alois vom 23.12.44 lag noch auf dem Tisch. Jetzt hatte es auch in unmittelbarer Nähe eingeschlagen. Ein offensichtlich angeschossener Bomber hatte seine ganze Fracht abgeladen, sechzehn Sprengbomben und hunderte Brandbomben, die den nahen Hügel in ein Lichtermeer verwandelten – schauriger Auftakt zu Weihnachten. Der Krieg rückte näher und Flugzeuge griffen auch über Land an, was sich bewegte:

„Unser innigst geliebter Alois! Möchte Dir, liebes Kind, vor den Feiertagen noch ein Lebenszeichen geben, da die nächste Post erst am Mittwoch, den 27., hier abgeht. Mit welchen Gefühlen ich Dir diese Zeilen schreibe, kannst Du Dir denken, da Du ja mit allen Leiden und Gefahren und Ängsten der heutigen Zeit vertraut bist.

Ungarn ist ja laut Wehrmachtsbericht ... – (Nun habe ich lange einhalten müssen, das Licht ist wie so oft weggegangen, etwas anderes gibt es nicht zum Leuchten, habe jetzt meine letzte geweihte Kerze angezündet und schreibe Dir noch etwas). Also nach W. B. (Westdeutschem Beobachter) ist doch Ungarn von den Russen überrannt, was mag es mit Dir gegeben haben? Möge Dich der Himmel beschützt und Dich errettet haben. Es wird uns doch wohl nicht alles genommen werden. Hier ist noch mit Räumungen (Evakuieren) nichts los. Auch mit den Fliegern ist es hier doch nicht so schlimm wie linksrheinisch.

Lieber Alois, nun ist morgen Weihnachtsabend. Gestern am 22. erhielten wir Deine letzte Post vom 24. 11. Was hat es seit dem Monat alles mit Dir gegeben? Unsere Angst ist groß um Dich. Wir werden nicht anders an Weihnachten feiern, alles wie jeden Tag, nur im Gebete mit Euch vereint und das Christkind und seine Mutter anflehen um Hilfe für Euch und uns.

Vor einigen Wochen hätten wir bald unser Heim verloren. Ein riesiger feuriger Sprengkörper (angeblich V 1) kam nicht weitab nieder. In dem dort liegenden Gehöft wurden Häuser beschädigt, auch unser Haus. Wir hatten Scheiben kaputt, Decken fielen herunter, Bretter und Dachziegel. Wir glaubten, das ganze Haus stürze zusammen. Es gab ein so furchtbares, donnerähnliches Getöse, und da alle nach draußen liefen, ist kein Menschenleben zu beklagen. Ja, Alois, ich schrieb Dir schon etwas von der Gefahr. Mache Dir nur keine Sorgen um uns, Du musst an Dich denken. Sonst ist hier alles den Umständen entsprechend gut. Am ersten Weihnachtstag hat Helmi eine hl. Messe, wieder von A. Siefer veranlasst. Der ist bei einem

schweren Angriff auf Bonn, wo auch die Universität und das Albertinum zerstört wurden, verletzt worden. Und nun, lieber Alois, muss ich schließen, das Auto kommt. Es grüßen Dich in inniger Liebe Deine Mutter und Schwestern.
Wir danken Dir für Deine lieben Briefe. Möge doch das Christkind Dir und Helmi Kraft und Stärke bringen, als Lohn für alle Leiden und gebrachten Opfer."

Wochen später: Ein Brief aus Frankreich von Alois brachte Erleichterung. Ihm war also noch nichts passiert. Und hier:
Die Angst um das eigene Leben angesichts der täglichen Überflüge von Bomberverbänden, die Bombenabwürfe hier oder dort, die Angst auf den Straßen, in Bussen und Bahnen, das konnte im Augenblick noch die persönliche Noterfahrung mildern. Alle litten unter den Verhältnissen, in den Familien vieler bekannter Nachbarn waren Vermissten- oder Todesmeldungen eingegangen. Die Gottesdienste drehten sich inzwischen durchweg um Gefallene. Ständige Gefahr erkannte Thea für sich selbst bei den Fahrten nach Köln und zurück nach Hause. Immer wieder wurden Züge angegriffen.

Im Elternhaus stieg der Argwohn gegen jedermann. „Wir ermunterten uns gegenseitig zur Vorsicht. Lieber mit sich allein sein. Keine Angriffsfläche bieten, kein Nachfragen auslösen. Das eigene Schicksal stand für sich, Nachbarn ging das nichts weiter an", schrieb Thea in ihr Tagebuch.

Sollte es wirklich wahr sein, was in einer Neuausgabe der Lokalzeitung stand: In Lemberg existiere das Kriegsgefangenenlager 275 für deutsche Kriegsgefangene. In der Nähe des Lagers gebe es einen Kriegsgefangenenfriedhof mit über 800 Massengräbern. Schwer Erkrankte wurden im Kriegsgefangenenhospital 1241 versorgt.

Kriegsgefangene der Sowjetunion wurden, so weiter die Nachricht, nach Einlieferung ins Lager registriert und über sie eine Personalakte angelegt. Die mit der Heimkehr der Gefangenen abgeschlossenen Personalakten befänden sich in Verwahrung des Föderalen Archivdienstes Russlands – Reichsstiftung – Russisches Reichskriegsarchiv (RGWA) in Moskau.

Thea hatte noch andere Zeitungen gekauft, die von der Einnahme von Lemberg berichteten:

Ob Helmi doch noch lebte? Das Thema brachte sie erneut auf den Tisch.

„Wir wissen gar nichts, du nicht, Mama nicht und ich auch nicht", quälte sich Hanne.

Vom Krieg blieb dann nur der Einmarsch amerikanischer Truppen. Sie kamen die Straße herunter direkt auf das Haus der Lebichs zu. Hanne hatte gerade noch nachgeschaut, was eine Granate Stunden zuvor an der Scheune angerichtet hatte. Dann sah sie die nach allen Seiten sich sichernden Amerikaner, unverkennbar an ihren Helmen und Uniformen. Hanne lief ins Haus und steckte schnell durchs kleine Fenster neben der Haustür die schon vorgefertigte weiße Fahne nach draußen.

„Kommen sie?", fragte die Mutter nur und lief ins hintere Zimmer.

„Die Amis?" Thea wusste sofort Bescheid. Ihren Schreibkram ließ sie liegen.

„Die Amis?", entfuhr es ihr noch einmal, nein, sie war nicht aufgeregt, jetzt würde alles anders, aber wie?

Dann waren sie da. Mit dem Gewehrkolben klopfte ein Soldat gegen die Tür. Die war rasch geöffnet. Einige Amis traten ein. Frage: „Hier deutsche Soldat?" Antwort: „Nein", mit Kopfschütteln. Die Botschaft war klar. Sie verteilten sich auf die einzelnen Räume, einer ging nach oben, ein anderer in den Keller. Von unten in ihrer Sprache ein Ruf nach oben. Die beiden anderen Amis stolperten ebenfalls in den niedrigen Keller und kamen bald zurück, jeder mit zwei mit Obst gefüllten Einmachgläsern.

„We are hungry!"

„Was hat der gesagt?"

„Die haben Hunger", erklärte Thea, und ging zum Küchenschrank, um Brot und Butter auf den Tisch zu holen. Dass Mutter dann noch Schinken hinzufügte, gefiel den Amerikanern.

Die machten sich schnell ihr Brot, stapften dann wieder hinaus, wo sich dann auch der restliche Trupp zum Weitermarsch in das nächste Gehöft versammelte.

Damit war hier der Krieg zuende, undramatisch wie erahnt, und kärglich der Neuanfang mit möglichst weitgehender Selbstversorgung.

Mit dem Kriegsende war auch der Spuk mit dem Nationalsozialismus vorbei und die Lebichs daheim waren überzeugt, nun würde alles besser, vorausgesetzt, die Brüder und Söhne würden wieder heimkehren. Dank der kleinen Landwirtschaft (mit Gemüsegarten, Obstbäumen, zwei Kühen) hatten sie ausreichend zu essen. Hanne betrieb nach Kräften die anfallenden Arbeiten und Mutter und Thea halfen dabei.

Thea selbst konnte ja nur abwarten, was mit einer Arbeitsstelle geschehen würde, wie sie wieder eine Anstellung finden könnte, da doch alles zerstört war und Köln am Boden lag. Im Übrigen war das Land von den Alliierten besetzt, waren alle auf deren Wohlwollen angewiesen.

Sie hatte dann den Versuch unternommen und an ihre frühere Dienststelle geschrieben. Und welch ein Wunder, aus einem Leimbacher Gasthof bei Querfurt in Sachsen-Anhalt schickte ihr früherer Chef ein amtliches Schreiben (Hauptsaaten für die Rheinprovinz GmbH) vom 28.12.1945, das einen interessanten Blick auf die damaligen Umstände freigibt:

„Ihre Arbeitspapiere befinden sich noch hier, wie wir bei den Jahresabschlussarbeiten feststellen. Wenn dieselben auch heute keine Gültigkeit mehr haben, wollen wir sie doch zurückgeben. Die Rückverlagerung unseres Betriebes nach Köln ist uns bislang noch nicht gelungen. Wie es mit unseren Häusern und Lagern in Köln aussieht, haben Sie wohl gesehen. Es sind nur Schutt und Trümmer übrig geblieben.

Durch den Verlust des deutschen Ostraumes und damit des deutschen Saatkartoffelbaues hat der Betrieb schwere Einbußen erlitten. Es geht uns wie allen deutschen Züchtern. Die deutsche Kartoffelzucht, der deutsche Kartoffelbau ist fast vernichtet. Statt der früheren großen Anzahl kaufmännischer Angestellter und Arbeiter genügen uns bis auf Weiteres einige wenige Leute, um die Arbeit zu schaffen. Der Aufbau wird nicht leicht sein, und er wird lange dauern.

Wenn Sie für die Zeit Ihrer Tätigkeit bei uns ein Zeugnis wünschen, stellen wir es gern zu. Für die bisher geleistete Mitarbeit sprechen wir Ihnen unseren besonderen Dank aus."

Bis hierhin war der Brief beendet, als Ihr Schreiben vom 7. Dezember eintraf. Wegen der fraglichen Rechnung fügte Herr Roling einige Zeilen am Schluss bei: „Mir geht es gesundheitlich nicht befriedigend, ich habe jetzt im Dezember 14 Tage zu Bett liegen müssen und darf mich kaum aus dem Haus wagen. Wie es Herrn Dievernich geht, sagt Ihnen der anliegende Totenschein. Er ist im Juli in Ahrweiler, wo er zur Kur war, seinem schweren Herzleiden erlegen. Nun bin ich ganz allein. Herr Goosses starb im Juli 1939, kurz vor Kriegsausbruch und Herr Dievernich Juli 1945 gleich nach Kriegsende.

Soeben erfahren wir auch aus Köln, dass Fräulein Scharf bei dem letzten schweren Angriff am 2. März 45 in Köln ums Leben gekommen ist. Dies ist besonders tragisch, da sie mehr als fünf Jahre alle Schrecken der Bomben- und Feuerangriffe überstanden hatte. Hier haben wir glücklicherweise unter Bombenangriffen nicht zu leiden gehabt, und auch das Einrücken der Amerikaner am 12. April ging ohne Schaden an Leib und Leben an uns vorüber. Auch das Büro konnten wir bislang völlig erhalten.

Dass Sie von Ihrem Bruder noch nichts gehört haben, ist sehr hart, aber noch dürfen wir Hoffnung haben. Mein Sohn fiel als Oberarzt in Italien im Oktober 1944. Meine Tochter befindet sich, wenn sie noch lebt, im polnischen Raum in Niederschlesien. Ich habe von ihr und ihrem Kinde seit dem 14. April keine Nachricht mehr. Das Kreuz, das ich zu tragen habe, ist also auch schwer genug. Mit freundlichen Grüßen ..."

Zu Theas Anfrage nach einer noch offenstehenden Rechnung wurde angemerkt: „Die RM 26,90 betreffen unsere Rechnung über eine Lieferung von 50 kg Hochzucht Strudes Schlanstedter Frühweizen. Allerdings ist in diesem Betrag die vom damaligen Reichsnährstand vorgeschriebene Sacksicherungsgebühr vom RM 10,-- enthalten. Da über diesen Betrag aber bisher eine Verfügung nicht getroffen wurde, stellen wir Ihnen anheim, denselben bei der Regulierung unberücksichtigt zu lassen, sodass Sie also vorerst nur RM 16,90 überweisen."

Am 11. März 1946 erhielt sie von dort jenes angekündigte Zeugnis: „Fräulein Thea war von Juni 1943 bis 31.10.1944 als Stenotypistin bei uns tätig. In dieser kurzen Zeit wurde sie uns eine gute Mitarbeiterin und eine liebe Kameradin. Sie war fleißig, strebsam, von guter Auffassungsgabe, pünktlich, ehrlich und zuverlässig und stand sowohl in den Leistungen wie auch charakterlich über dem Durchschnitt. Wir bedauern sehr, dass wir infolge der wirtschaftlichen Lage nach dem Kriege zur Zeit Fräulein Thea nicht wieder beschäftigen können. Wir wünschen ihr alles Gute für die weitere Zukunft."

Das war's also gewesen. Zunächst konnte sie sich dafür nichts kaufen: „Ich musste aber unter allen Umständen Geld verdienen, denn meine Mutter erhielt keine Rente und die kleine Landwirtschaft brachte zwar Nahrung, aber kein Geld darüber hinaus ein. Erst im Juni 1948 fand ich Arbeit bei einem Werkzeugbetrieb, der dann im Mai 1949 nicht mehr in der Lage war, Lohn zu zahlen. Also wieder auf der Straße."

Angespannte Atmosphäre aber allabendlich, wenn es darum ging, über das Radio Nachrichten zu Vermissten, Gefangenen oder Gefallenen zu hören. Insbesondere Meldungen über Vermisste oder Gefangene in

Russland ließen die drei Frauen ganz nahe ans Radio heranrücken. Endlose Namensmeldungen, aber kein Helmi dabei. So Tag für Tag, stattdessen eine Karte aus Frankreich von Alois, der dort in Gefangenschaft war, unter amerikanischer Aufsicht.

Inzwischen war von Freundschaft und Gemeinsamkeit zwischen Russland und Amerika mit seinen Verbündeten England und Frankreich nichts mehr zu spüren. Zunehmend sickerten Nachrichten durch von brutalem Vorgehen russischer Truppen, besonders auch von stalinistischem Terror.

Beruhigend konnte das nicht sein, eher verdichtete sich die Auffassung, Helmi werde wohl nicht mehr heimkehren. Diese Auffassung wurde den Lebichs zur Gewissheit, als die letzte größere Entlassung von Kriegsgefangenen aus der Sowjetunion 1955 stattfand. Vorangegangen war der Staatsbesuch des deutschen Bundeskanzlers Konrad Adenauer vom 8. bis 14. September 1955 zur Aufnahme diplomatischer Beziehungen und Freilassung deutscher Kriegsgefangener.

Die Antwort vom Deutschen Roten Kreuz DRK kam zwei Jahre später:

„Im Rahmen unserer Nachforschungen wurden alle uns zugegangenen Angaben und Informationen über das Schicksal Ihres Angehörigen überprüft. Über die individuellen Ermittlungen hinaus haben wir besonders die Möglichkeit untersucht, ob der Verschollene in Gefangenschaft geraten sein könnte. Dabei ist den Kampfhandlungen, bei denen Ihr Angehöriger und weitere Soldaten der gleichen militärischen Einheit vermisst wurden, genau nachgegangen worden.

Das Ergebnis ist in einem Gutachten festgehalten, das Ihnen Aufschluss über unsere Nachforschungen und Einblick in die für den Verschollenen entscheidend gewordene Phase des Kriegsgeschehens gibt.

Wird am Ende der Darstellung auch der Schluss gezogen, dass Ihr Angehöriger zu den Opfern des 2. Weltkrieges gezählt werden muss, hoffen wir dennoch, Sie durch die Bekanntgabe des Nachforschungsergebnisses von jahrelang ertragener Ungewissheit zu befreien. Gutachten über das Schicksal des Verschollenen Helmi Lebich, geb. 19.1.1916, Truppenteil: Füsilier-Bataillon der 254. Infanterie-Division Vermisst seit 22. Juli 1944 – DRK-Verschollenen-Bildliste Band AN, Seite 555.

Ausgangspunkt für die Nachforschungen waren die dem Suchantrag entnommenen Angaben, die in die Verschollenen-Bildlisten aufgenommen wurden. Damit sind alle erreichbaren Heimkehrer aus Krieg und Gefangenschaft befragt worden, von denen angenommen werden konnte, dass sie mit dem Verschollenen zuletzt zusammen gewesen sind. Diese Befragungen fanden sowohl in der Bundesrepublik als auch in Österreich und anderen Nachbarländern Deutschlands statt.

Ferner sind von anderen Stellen, die Unterlagen über die Verluste im 2. Weltkrieg besitzen, Informationen eingeholt worden. Über diese individuellen Ermittlungen hinaus wurde die Frage geprüft, ob der Verschollene in Gefangenschaft geraten sein konnte. Dabei wurden die Kampfhandlungen, an denen er zuletzt teilgenommen hat, rekonstruiert. Als Unterlage dienten dem DRK-Suchdienst Angaben über Kameraden, die der gleichen Einheit angehört hatten und zum selben Zeitpunkt und am selben Einsatzort verschollen sind, Heimkehrerberichte, Schilderungen von Kampfhandlungen, Kriegstagebücher sowie Heeres- und Lagekarten.

Das Ergebnis aller Nachforschungen führte zu dem Schluss, dass Helmi mit hoher Wahrscheinlichkeit am 22. Juli 1944 bei den Kämpfen, die im Raum ostwärts und südostwärts von Lemberg geführt wurden, in sowjetischen Gewahrsam geraten und in der Gefangenschaft verstorben ist.

Auf eine Suchanfrage teilte das Sowjetische Rote Kreuz in Moskau mit, dass die Nachforschungen nach dem Verschollenen zu keinem Ergebnis geführt haben. Alle bisherigen Ermittlungen des DRK-Suchdienstes lassen aber nur die Schlussfolgerung zu, dass er in sowjetischer Kriegsgefangenschaft verstorben ist. München 5. Januar 1957."

Thea: Hatten wir das alles so genau wissen wollen? Nein, uns ging es nur um Helmi und wir wurden uns klar: Man musste Helmi für tot erklären lassen. Das besorgte Alois, der inzwischen wieder daheim war, auch schon geheiratet hatte und daher nicht mehr zu

Hause wohnte. Die Familie, Verwandte und Bekannte trafen sich zu einem Gedenkgottesdienst. Im Hause umrandete ein schwarzer Flor das letzte Bildnis des Helmi als Soldat.

„Aus und vorbei", sagte Christine zu den Töchtern – dann mit gefalteten Händen nur noch Gemurmel. Es war ein gewisser Abschluss, und doch zelebrierten die drei Frauen das Leid von Zeit zu Zeit immer wieder. 1952 – 54, Spenden an die Herz-Jesu-Priester in Krefeld mit der Hoffnung, dass Helmi zurückkommt, hatten auch nicht geholfen.

Thea erinnert sich: Wenn ich zurückdenke, es war ein furchtbarer Krieg. Ich brachte meine Brüder zum Bahnhof, wenn sie auf Kurzurlaub daheim gewesen waren – jedes Mal bei Fliegeralarm. Auf dem Bahnhof in Köln verabschiedete ich mich von ihnen. Es waren immer Szenen, die tief ins Herz schnitten.

1937 kam Helmi in den Arbeitsdienst, nachher sogleich zum Militär. Er wäre so gerne von Münstereifel mal zum Wochenende nach Hause gekommen. Wir hatten aber kein Fahrgeld.

Dass er im Kriege als Funker an einer Funkstelle in Danzig lange Zeit war, wurde ihm in der Nachbarschaft missgönnt. So hatte, wie schon erwähnt, der Oberleutnant erklärt: „Wir müssen Sie an die Front versetzen, da ein Druck aus der Heimat ausgeübt wurde, was uns sehr leid tut." Er kam an die Front und wurde sogleich „gemartert", lag drei Tage sterbend in glühender Sonne. Er war der Einzige in unserem Ort, der sein Leben lassen musste.

Das ganze Leben haben Mama, Hanne und ich gelitten und nie vergessen. Ich, Thea, musste zum Arbeitsdienst, weil ein Nachbar es veranlasste. In den Hinterlassenschaften von Helmi fand ich ein Gedicht, das er im August 1940 in Danzig „an der Weichsel" verfasst hatte:

Wenn lange Nächte, undurchdringliche Schatten über Stadt und Meer und Heide ruh'n, wacht auf in meiner Seele endlos die Sehnsucht. Über Land und Meer wächst sie empor, und ihre starken Arme umfassen die Weite des Alls und inmitten allen Lebens hält sie Dich geborgen. Kleinod meiner Seele!
Fern draußen, an den Wassern wohnest Du … Dort lässt sie Dich aufleuchten wie einen Edelstein, den die Fluten ans Gestade warfen; wie eine Blume, die prangt auf üppiger Flur.
So steht Dein Bild in mir ständig vor der Seele. In Deine Augen muss ich schau'n, die dunkel und tief wie die Wasser an Deinem Gestade. Spiegel meines Lebens – Ist's doch mein Schicksal, in Dir mich zu schau'n, und all mein Glück, Dir zu vertrau'n!

Thea war sich sicher: Helmi hatte dies im Gedanken an eine Liebschaft geschrieben, die ihnen nicht bekannt war, von der sie vermutlich auch nichts wissen sollten. „Heute sage ich mir, dann hat er wenigstens da noch ein wenig menschliches Glück erlebt. Das alles habe ich zigmal durchgelesen, in mich hineingefressen. Es hat Spuren bei mir und Mutter und Hanne hinterlassen. Der Tod von Helmi war unser Niedergang."

Im Schlafzimmer hatte Thea wahllos die Briefe von damals immer wieder gelesen, eine kleine Auswahl. Die restlichen Feldpostbriefe von den Brüdern Helmi und Alois (1940 bis 1945) – es waren viele hundert – hatte sie schweren Herzens am 23., 24. und 25. Februar 1982 nach rund vierzig Jahren verbrennen müssen, „da sie nach unserem Tode niemanden mehr interessieren. Aber diese Erlebnisse haben uns seelisch erschüttert und im Grunde kaputt gemacht."
Bucheintrag: „Wenn lebend man mehr Liebe übte, dann lebte länger manches Herz!"

Flüchtlinge (Bombengeschädigte aus Köln) – Vertriebene aus den Ostgebieten und dem Sudetenland sowie Rumänien veränderten den hiesigen Lebenskreis, betrafen die Lebichs nur insoweit, als der eine oder andere Zugezogene bei ihnen Hilfsarbeiten ausführte. Inzwischen hatte Thea dann doch eine gut bezahlte Stelle gefunden. Sie hatte sich mit Finanzen zu befassen, war Kontoristin. Der Verdienst war für die Lebichs die Hoffnung auf ein besseres Leben. Nach wie vor wurde nur das Nötigste gekauft, im Übrigen Geld beiseite gelegt, sie wollten sich ein bescheidenes, aber schönes, gemütliches Heim schaffen. Und diese Dinge, Baumaßnahmen usw., das war Sache der Hanne. Dafür rackerte die sich mit der Landwirtschaft ab, um auch damit noch einiges Geld hereinzuholen.

Die Winter in jenen Kriegstagen waren heftig gewesen und auch der Winter 1946/47 fiel extrem hart aus. Tiefer Schnee, starker Frost über Monate. In diesem Winter machten die Lebichs mit einer anderen Geschichte Bekanntschaft, die sie auch künftig zu ihrem Leidwesen begleiten würde: Kinder und Jugendliche machten sich einen Spaß daraus, sie und das Haus mit Schneebällen zu bewerfen.

Wieso? Lag das daran, dass die drei Frauen allein in dem Haus lebten? Waren sie vielleicht daran schuld, weil sie durch die Schicksalsschläge überempfindlich geworden waren?

Damals hatten sie empört reagiert, die Kinder jedes Mal vertrieben, sie aber im Grunde animiert, die drei Frauen auf alle mögliche Art und Weise herauszufordern. Waren es im Winter die Schneebälle, dann im Sommer Äpfel oder auch Steine. Und die Lebichs, wie aufgescheucht, rannten dem einen oder anderen hinterher, hämisch beobachtet von Nachbarn, belacht in der nahen Gaststätte, wie sie sehr bald erfuhren.

Was die Kinder aus verständlichem Spaß angezettelt hatten, das setzten betrunkene Erwachsene später fort, „indem sie sich grölend vor das Haus stellten und an der Gartenhecke urinierten. Wir waren entsetzt, wussten uns keinen Rat mehr, als laut zu schimpfen und jene mit Anwürfen nicht gerade feiner Art zu bedenken", bekannte Thea.

Ein Bewohner des Nachbarortes erinnert sich: „Per Zufall wurde ich mit Thea bekannt. Wir wählten beide den gleichen Bus und den gleichen Zug zur Fahrt nach Köln. Unsere Arbeitsstellen lagen nicht weit auseinander. Sie hat mir die Lebensgeschichte erzählt und ich konnte auch später verfolgen, wie es mit den Lebichs weiter ging. Sie sahen sich immer mehr als Verfolgte, Missachtete, und genau das war es, was die Leute um sie herum als Schrulligkeit, als Wahnwitz auslegten und damit zugleich die Rüpeleien gegen die Lebichs auslösten."

Hanne hatte übrigens Freundschaft mit einer Ärztin des hiesigen Krankenhauses geschlossen. Dadurch sah sie sich anerkannt in ihren Fähigkeiten.

Als wäre es schicksalhaft, erkrankte die gute Freundin Helene Niggen und Hanne fühlte sich erneut in ein schwarzes Loch fallen. „Wir haben mit ihr gelitten, als klar war, dass die Erkrankung der befreundeten Ärztin nicht leicht zu nehmen war. Zu Weihnachten 1948 hatte sie noch freundliche und zuversichtliche Grüße geschickt, hatte uns aber aus Termingründen nicht besuchen können."

Im April des folgenden Jahres las Hanne unter Tränen einen Brief der Helene Niggen vor, der kam aus Kerpen:

„Liebe Hanne! Eigentlich wollte ich im Laufe dieser Woche nach oben gekommen sein, weil ich richtiges

Heimweh nach Hause habe. Du kannst Dir das gewiss nicht vorstellen, zumal ich länger nicht geschrieben habe.

Aber seit dem 7. Februar, seitdem ich nach hier zur Rekonvaleszenz übersiedelte, habe ich wohl viel äußere Ruhe. Nur innerlich kann ich mich nicht beruhigen. Das ist wohl auch der Grund, warum ich immer noch nicht recht hergestellt bin.

Mein guter Bruder wacht streng über meine Gesundheit und wollte auch noch nicht gestatten, dass ich jetzt die Strapazen einer Omnibusfahrt nach Hause auf mich nehme. Er vertröstet mich auf das Ende dieses Monats.

Anfangs habe ich noch weitere 6 Pfund an Gewicht zugenommen. Und nun scheint es wieder bergab zu gehen. Meine Röcke und Kleider, die ich alle weiter machen musste, hängen mir wieder am Körper herum, als ob sie mir nicht gehörten.

Dazu plagen mich wieder täglich die lästigen Kopfschmerzen, sodass ich dauernd Pulver schlucken muss. Vor allem ärgert mich, dass ich noch nicht so arbeitsfähig bin wie früher.

Unter Assistenz meines Bruders habe ich dieser Tage noch einmal versucht, einen Blinddarm zu operieren. Ganz verrückt habe ich gezittert, wie eine alte Frau. Nach der 2. Operation, die ich assistierte, musste ich schon wegen Übelkeit abtreten.

Nun sehe ich nach diesem praktischen Arbeitsversuch ein, was für ein Wrack ich geworden bin. Ich glaube auch, dass diese Sehnsucht nach Arbeit, verbunden mit meiner körperlichen Unfähigkeit und Schwäche, meine fatalen Depressionen bedingen.

Mein Bruder ist sehr gut und rücksichtsvoll. Auch glaube ich nicht, dass es einen anderen Ort gibt, wo ich besser gepflegt und betreut werde als hier.

Nur muss ich leider mehr Geduld aufbringen, als ich geahnt hatte. Vielleicht kannst Du Dir nun auch erklären, warum ich nichts von mir hören ließ. Erstens bin ich geistig sehr müde geworden trotz mancher Lektüre, wozu ich mich zwinge. Dazu bin ich schrecklich schreibfaul.

Morgens und nachmittags mache ich meinen vorgeschriebenen Spaziergang durch diese langweilige flache Gegend. Immer muss ich erst eine halbe Stunde laufen, ehe ich in den Wald komme. Du kannst Dir vorstellen, dass ich viele Vergleiche mit unserem Ort ziehe. Landschaftlich kommt dieser Ort nicht im Geringsten an unseren im Bergischen heran. Aber Schiller sagt ja schon: ‚Des Lebens ungemischte Freude ward keinem Irdischen zuteil.'

Wie geht es Dir und Deinen lieben Angehörigen? Fühlt sich Deine Mutter inzwischen schmerzfrei? Wie geht es mit Eurem Umbau? Hat das schon begonnen? Von meiner Mutter hörte ich, dass Du bei Deinem Besuch in der Auerstraße nahrhafte Mangelware deponiert hast. Da ich seit dem 1. Januar ohne jegliches Einkommen stehe, kann ich Dir z. Zt. noch nicht alle meine angelaufenen Schulden begleichen.

Ich habe mir aber alles notiert. Und Dich werde ich nicht vergessen. Vor allem bin ich Dir für Deine Treue dankbar. Und nimm bitte als Ausdruck meiner Dankbarkeit das braune Wollkleid an, das ich schicke. Es macht das, was Du mir getan hast, noch lange nicht gut.

Mit den herzlichsten Grüßen auch an Deine Mutter und Thea sowie Bruder Alois verbleibe ich in steter Dankbarkeit Deine Helene Niggen."

Hanne machte sich einen Monat später auf den Weg, die Freundin zu besuchen. Deren Zustand hatte sich gebessert und sie berichtete, dass sie wahrscheinlich für immer ins Bergische Land zurückkehren werde. Im Oktober aber war die Ärztin wieder am Ende ihrer Kräfte und musste sich erneut in Behandlung begeben.

Ein Brief im Januar 1951 brachte der Hanne noch einmal Freude, aber auch Verdruss. Helene Niggen schrieb aus dem Krankenhaus:

„Soeben höre ich im Wunschkonzert Schumanns "Träumerei", das Du Dir mit Deiner Mutter gewünscht hast. Da kann ich nicht umhin, Dir schnell zu schreiben und allen Groll zu vergessen, den Du mir seit Weihnachten ins Herz gebracht hast. Über Deine guten Wünsche habe ich mich gefreut, aber die Briefeinlage hat mich geärgert.

Ich hatte immer gedacht, Du wärst mal ins Krankenhaus gekommen, damit ich Dir persönlich alles Gute zum Christfest und Jahresrutsch wünschen könnte. Na, Du hast nicht gewollt.

Drum muss der Briefträger Dir sehr verspätet das so lange wartende Christkindlein überbringen, damit der Beethoven-Roman nicht so lange allein in Deinem Bücherbrett stehen möge. Ich bin mal gespannt, ob Dir der Mozart-Roman zusagt.

Dann noch eine Neuigkeit! Vom Mutterhaus habe ich den Bescheid erhalten, dass ich noch bis 1.3.52 in Eurem Ort tätig sein dürfte. So komme ich doch zum Abschluss meiner Fachausbildung. Euch allen alles Gute."

Merkwürdig, sagte sich Thea, die Hanne denkt offenbar nicht ans Heiraten. Freundschaften hatte sie schon mal, aber einmal hatte sie sich geäußert, wer wolle schon eine Frau, die sich wie ein Mann um die Landwirtschaft kümmern müsse?! Und ich? Hätte ich den Mut …?

Thea erzählt:

Einig waren wir uns hinsichtlich des Hauses. Wir wollten die alte Schmiede möglichst sofort in Wohnräume umbauen lassen. Das geschah 1950. Immerhin wurden es zwei Räume, in denen wir vorübergehend wohnen und vielleicht auch schlafen könnten. Denn eines war klar, das alte Haus war nicht zu restaurieren. Es würde abgebrochen und durch einen Neubau ersetzt werden müssen. Damit allerdings mussten wir noch einige Jahre warten. Mutter war nicht mehr so gesund, wir mussten Rücksicht nehmen, denn der vorübergehende Umzug in nur zwei Wohnräume war nicht einfach.

Hanne und ich beantragten schließlich die Baugenehmigung, nachdem wir Plan und Statik vorliegen hatten. Im Frühjahr 1959 war es so weit. Die Rohbaukosten beliefen sich auf rd. 8580 DM. Abriss des alten Hauses und Bau eines neuen Hauses. O Gott, war das für uns eine neuerliche Aufregung. Wir weinten, als das alte Haus unter den Schlägen eines Baggers zusammenkrachte.

Der Bau des Hauses ging allerdings zügig voran, aber wir fanden hier und dort Dinge, die wir beanstanden mussten. Das gab Ärger und gegenseitige Beschimpfung. Mit den Kostenberechnungen konnten wir auch nicht in allen Punkten einverstanden sein, und mit den schroffen Abweisungen fühlten wir uns unverstanden, ja eher ausgenutzt. Wir waren überzeugt: Alle sind gegen uns! Oder waren wir so empfindlich und argwöhnisch geworden, nach allem, was wir durchlitten hatten?

1960 war das Haus fertig – wir richteten uns ein, fanden es wundervoll, dass wir nun so viele neue Räume mehr hatten. Unten vier Wohnzimmer, Küche und Waschraum, oben zwei Schlafzimmer und Bad/Toilette. Jetzt ging es noch um den Außenverputz. Schließlich passte alles. Wir waren zufrieden.

In meiner Dienststelle fand ich mich gut zurecht,

fand auch Anerkennung und hatte einen wirklich guten Kontakt zu Kolleginnen und Kollegen. Manche Geburtstagsfeier haben wir gemeinsam erlebt, machten auch einige Betriebsausflüge, bei denen es ganz munter zuging. Und eines konnte ich nicht lassen, ich habe immer wieder Notizen gemacht, auf allen möglichen Zetteln, selbst auf Briefen, Zeitungsausschnitten oder Kalendern.

Einen gesundheitlichen Rückschlag hatte ich 1961 – Zucker! Man genehmigte mir eine Kur in Bad Driburg.

Am Rosenmontag des Jahres konnte ich meinen Kolleginnen und Kollegen in Köln berichten, dass ich gut untergekommen war. Nur enttäuscht war ich über meinen "Leibesumfang", den ich selbst bisher so nicht bemerkt hatte. Der Arzt jedenfalls bestätigte, ich dürfe ruhig abnehmen.

Notiz: Neben meinen Pflichten einer ernst zu nehmenden Kur verschließe ich mich nicht den Annehmlichkeiten, die auf mich zukommen. Ein geräumiges gemütliches Zimmer, mit Blick direkt auf den Kurpark, eine angenehme Zimmernachbarin, eine schmackhafte Beköstigung, ein gesunder Schlaf, eine herrliche schneebedeckte Landschaft.

Sechs Jahre später war ich wieder in Kur. An jenem Morgen hatte ich mich in den Speisesaal begeben und einen Platz am Fenster gefunden. Es war ein Tisch für zwei Personen. Ich wollte mit mir allein sein.

Irgendwie fühlte ich mich plötzlich beobachtet. Ich ließ mich nicht beirren, graste vielmehr mit den Augen die Landschaft draußen ab. Einfach hinausschauen und die Gedanken unbeeinflusst fließen lassen. Ich fühlte mich allein und doch geborgen. Die Sorgen und Mühsal daheim hatte ich zunächst einmal hinter mir gelassen.

Ist das ein schöner Tag, dachte ich mir, während das Sonnenlicht in den Blättern der Bäume spielte. Nur wenige Wolken zeigten sich und die wohlige Wärme von draußen drängte sich durch die Fensterscheibe auch zu mir.

Irgendwo im Raum wurde eine Tür bewegt, denn das spiegelte sich in meinem Fenster und dann sah ich etliche Tische weiter, verschwommen zwar, eine männliche Person, die offensichtlich zu mir rüberschaute.

War ich irgendwie aufgefallen, war es mein geblümtes Kleid, mein neu frisiertes dunkles Haar?! Vom Blick in die Ferne löste ich mich erst, als der Kellner fragte, ob ich einen Wunsch hätte. „Etwas zu trinken?" Ich bat um eine Karaffe Weißwein.

Und es war nur ein Augenblick, dass ich jenem Mann ins Gesicht schaute. Ich wurde neugierig, warum, wusste ich nicht. Töricht, dachte ich noch, eine Alltagsbegegnung. Dabei ertappte ich mich danach weiter mit dem Gedanken, was er an mir sehe, was er wollen könne und wer er war.

Noch einmal streifte ich die Gestalt mit meinen Augen, erkannte nun auch deutlicher das Gesicht und dessen durchaus freundlichen Ausdruck. Er schien mir zuzunicken. Nicht unsympathisch, aber so erschienen mir manche Leute in diesem Haus, die ja wohl samt und sonders irgendwelche Beschwerden hatten.

Mit meinen gedanklichen Ausflügen habe ich wohl eine Stunde noch am Fensterplatz gesessen: Ich fragte mich, wie jener wohl reagieren würde, wenn ich an ihm vorbei den Saal verließe. So gab ich mir einen Ruck, stand auf und – der junge Mann war nicht mehr da.

Dann doch ein wenig enttäuscht, beschloss ich, einen kleinen Spaziergang zu machen. Schließlich, auf halbem Wege zurück, traf ich auf ihn, als ich in eine Seitenstraße abbog. Er kam mir entgegen, grüßte und fragte, ob sich ein Spaziergang in dieser Richtung lohne. Ich bejahte, nannte noch einige interessante Gebäude, an denen ich vorbeigegangen war. Mehr war nicht.

Den nächsten Tag verbrachte ich im malerischen Zentrum des Städtchens, allein mit mir und dann, von meiner Zimmernachbarin angesprochen, verabredeten wir uns auf eine Tasse Kaffee, respektive Kuchen, im nahen Café.

Sie, Frau Donner, werde noch vierzehn Tage in Kur bleiben müssen. Sie hatte Probleme mit den Gelenken. Es war ein für die Umstände hier typisches Gespräch: Welche Krankheit, Dauer der Kur, wie war der Befund beim Arzt, was hatte der geraten und anderes mehr.

Ich war froh, schon frühzeitig am angehenden Abend zurück im Kurhaus zu sein. Ausgestreckt auf dem frisch gemachten Bett gönnte ich mir noch entspannende Ruhe bis zum Abendessen.

Im Speisesaal fand ich später meinen Platz am Fenster noch frei und so steuerte ich gleich dorthin. Während ich mich auf dem Stuhl möglichst bequem zurechtrückte, kam jener für mich Fremde und fragte, ob ich den Tag gut verbracht hätte. Er sei auch unterwegs gewesen und habe einen neuen schönen Spazierweg ausfindig gemacht.

Da stand er neben mir, wirkte etwas unbeholfen, eher fragend, wollte sich wohl zu mir setzen, tat aber so, als ob er einen anderen Platz in Aussicht habe. Ich bot ihm den Stuhl mir gegenüber an. Er, noch ein wenig geziert, nahm an und begann sogleich von sich zu erzählen.

„Ich habe die Kur nur angetreten, um mir eine Arbeitspause zu gönnen. Ich bin Musiker und dirigiere ein Orchester. Diese Tätigkeit macht mir sehr viel Spaß. Wir haben aber auch eine gute Besetzung und der gewünschte Nachwuchs stellt sich auch ein. Demnächst werden wir Auftritte an verschiedenen Orten in Deutschland haben, vielleicht auch im benachbarten Ausland – aber, was rede ich, wie geht es Ihnen denn?"

„Danke, mir geht es gut!"

„Ja, ich bin auch gut drauf, fühle mich wohl hier."

Ihm ging es also gut und er suchte nur Unterhaltung,

hatte mich mangels anderer oder besserer Gelegenheit als Opfer ausersehen. So dachte ich.

Unversehens war ich dabei, von mir zu erzählen, von meiner Arbeit, meinem Zuhause, dies alles eher in knappen Worten. Zu viel wollte ich nicht gleich zu Anfang von mir preisgeben. Wer weiß, was noch kam. Also sagte ich: „Jetzt sind Sie dran!"

Pause – Er in Gedanken:

Was sollte er ihr sagen? Sie schaute ihn mit halb geschlossenen Augen an und wartete auf Antwort. Sollte er ihr sagen, wie stressig für ihn die Schulzeit war? Durch den Krieg hatte er jede Menge Ausfallzeiten. In der Volksschule war es noch gegangen, aber durch einen Unfall hatte er schon vier Monate fehlen müssen. Aufgefallen war er im fünften Schuljahr, gemeinsam mit den Schülerinnen und Schülern der oberen Klassen. Bei Deutschdiktaten war er bei den Besten und Kunst, Musik etc. waren Lieblingsfächer.

Irgendwann die Idee, eine höhere Schule zu besuchen. Eine Jahr Realschule, dann Wechsel zum Gymnasium. Verwirrung erneut – die Aufnahmeprüfung bestand er auf einem naturwissenschaftlichen – wollte aber auf ein humanistisches. Also erneut Wechsel. Dann brach der Krieg vollends ein. Unterricht im Keller. Verspätungen der Lehrer und Schüler durch Alarm. Dann Zerstörung der Schule und daheim für mehrere Jahre. Von dort allerdings konnte ihm, was Lernen anging, niemand helfen. Gelegenheitsarbeiten. Schließlich

Abitur an einem Abendgymnasium Von jung an aber auch Unterricht im Geigenspiel. Ausbildung in einer Regionalverwaltung. Lust und Unlust. Versetzung in die verschiedenen Ämter. Dann das Musikstudium ... Das alles würde diese Thea kaum interessieren. Sie wollte wahrscheinlich mehr über seinen Lebensstil wissen. Wer war er? Wen müsste sie in Rechnung stellen? Er war sich nicht sicher, dass er mit ihr auf Dauer auskommen könnte.

„Was denken Sie jetzt?", unterbrach Thea seine Überlegungen.
„Was wollen Sie wissen?"
„Ich möchte wissen, mit wem ich es zu tun habe. Wohin führt Ihr Weg, welche Ansprüche stellen Sie hier an die Behandlung und an Ihre Zukunft?"
Er: „Ich freue mich, dass wir uns hier unterhalten können, dem täglichen Einerlei trotzen und diesen schönen Tag nutzen. Sagte ich es nicht schon? – Sie sehen sehr gut aus und mir gefällt Ihre freundliche und offene Art."
Er schmeichelte mir, aber so verlegen, dass ich etwa rot wurde, machte es mich nicht. Ich war allerdings unerfahren und mit Männern hatte ich bislang nur auf Distanz Umgang.

„Ansprüche?" –
Er blickte von mir weg nach draußen.
Wie oft hatte er mit sich allein die Zukunft abgefragt.

Draußen die Natur berauschte ihn. Zwiesprachen nach dem Wieso, Wofür, Wohin. Mit Freunden belangloses Gerede, Kneipenlustbarkeit, die nichts außer Kopfschmerzen einbrachte. Würde er jemanden treffen, der ihn beflügelte, mit ihm ging zu neuen Ufern? Das Berufliche konnte doch nicht alles sein.

Thea spähte zu ihm hin, wollte ihn ergründen. Ihre Neigungen und Hobbys hatte sie ihm noch nicht genannt.

„Unternehmen Sie gerne Reisen?", fragte sie.

„Na ja, es kommt darauf an, wo es hingeht!"

Sie bohrte nach: „Andere Länder, andere Menschen kennen lernen?"

Er musste sich äußern, aus der Umklammerung der Fragen lösen.

„Natürlich reizen mich andere Länder – Amerika zum Beispiel, Italien, vielleicht auch Israel."

„Wieso Israel?"

„Ach, der Holocaust, die Millionen Toten, das ganze grausame Geschehen damals. Wie leben die Leute jetzt dort in einem mehr oder weniger gewollten Heimatland."

„Hat Sie deren Schicksal berührt?"

„Ja, einen Juden kannte ich persönlich. Einen Kaufmann, der kam zu uns ins Haus. Er brachte mir immer etwas mit. Eines Tages war er verschwunden auf Nimmerwiedersehen. Ich habe noch eine Jacke, die haben wir von ihm gekauft."

Thea: „Ich kann mich weniger erinnern. Ich würde eine solche Reise aber auch mitmachen. Vorigen Sommer war ich drauf und dran, nach Italien zu fahren, dann wurde ich krank, musste im Bett liegen. Mutter und Schwester haben mich versorgt. Ich habe damals viel gelesen und immer wieder Verse und mir wichtige Aussagen niedergeschrieben. Später dachte ich dann, sie sind wie Blätter, die im Herbst vergilben und davonfliegen. Keine Bedeutung also?"

„Ich finde das sehr sympathisch, was Sie sagen! Sie scheinen mir sehr einfühlsam zu sein, nachdenklich. Haben Sie ein bestimmtes Hobby?"

„Mein Hobby ist mein Beruf, bin ich selbst. Ich betrachte die Leute, wie sie sich stets und ständig um Selbstdarstellung mühen. Ohne Rücksicht und nur auf das Äußere fixiert."

Jetzt legte er los. Fast ohne Pause erzählte er von seinen musikalischen Verpflichtungen und seinen Erfolgen und war dann sichtlich erfreut, als Thea von Beethoven und Mozart als Komponisten sprach, denen sie besonders zugetan war.

Seine fortgesetzten, fast lehrhaften Redeergüsse zu Musik, Komponisten, Orchestern etc. berührten Thea weniger. Sie dachte: Er ist ein wenig kleiner als ich, hat hellblondes Haar, um nicht zu sagen, fast rötliches. Hellblaue Augen blicken mich an, stets mit einem leichten Zucken begleitet, aber eben nicht unsympathisch. Die eher normalen Züge, glatt und ein wenig gerötet, ihre ganze Erscheinung ließen mich darauf schließen, dass er an die vierzig sein müsste. Ansonsten hätte er wohl auch nicht Dirigent eines Orchesters sein können. Wir verständigten uns auf eine Flasche Wein und verabredeten uns für den folgenden Tag auf einen Ausgang ins Städtchen.

Er schlug die Beine übereinander, wippte mit dem Fuß, schien mit sich und der Welt zufrieden.

„Ich freue mich auf morgen", hob er das Glas, um die letzte Neige zu trinken.

Wie er mich anblickte – ich schien ihm wirklich zu gefallen.

Oh Gott, Mutter hatte zu mir noch gesagt: „Pass auf dich auf!" Nun, in Gefahr war ich noch nicht.

Ein wenig schon beschwingt und auch durch die ausgewählte Musik im Salon animiert, ließ ich mich noch zu einem letzten Drink überreden. Aber dann war ich weg. Ich denke, ich hatte einen besonders guten Schlaf.

Der folgende Ausflug in die Stadt endete damit, dass William, so durfte ich ihn inzwischen nennen, am späten Abend plötzlich vor meiner Zimmertür stand, eine Flasche Wein in der Hand, und unzweifelhaft, ohne ein spezielles Wort zu sagen, Einlass in mein Zimmer begehrte.

Ich hatte gelesen, hielt das Buch noch fest, den Finger zwischen den Seiten. Ich schloss das Buch. Wie konnte ich widerstehen? Hier wartete meine erste Liebesbeziehung, so schien mir, und niemand war in der Nähe, der Einspruch hätte erheben, mich hätte abhalten können.

Ich ließ es geschehen, ließ mich gleiten, ohne noch zu wissen, wohin die Reise gehen würde.

Zugegeben, Angst erfüllte mich, William könnte mich jetzt berühren, küssen wollen oder gar mehr?! Nein, das ging nicht, und das kannte ich auch nur als flüchtige Belustigung. Aber es kam anders. Er blieb die ganze Nacht und ließ mich trotz eher schmerzhaften Erlebens verliebt zurück.

Wie dann die weiteren Tage aussahen, das muss ich mir hier nicht noch einmal in Erinnerung rufen. Spaziergänge, abends Wechsel in sein oder mein Zimmer, stets auf leisen Sohlen, möglichst unauffällig, verstohlen. In der Hinsicht bin ich ihm gefolgt, obwohl ich selbst schon bereit war, vor aller Öffentlichkeit dieses Verhältnis zu zelebrieren.

Abschied dann aus der Kur. Er in seinen Wohnort, Thea in ihren. Über Briefe und Kartengrüße würdigten sie die Verbindung. Bei allem Misstrauen, Thea war überzeugt und selig. Ihre Mutter und ihre Schwester teilten ihr Glück, wollten mehr wissen und hatten bestimmt insgeheim Angst, dass dies alles plötzlich zuende sein und Thea in Depression verfallen könnte. Das seelische Abstürzen war von ihr hinreichend bekannt und das passierte schon bei einer noch so normalen Erkrankung.

Von den Obstbäumen am Haus riss der Wind immer mehr Blätter herunter. Herbststimmung machte sich breit. Thea war noch zu Hause, die berufliche Tätigkeit sollte noch warten, Erholung war noch angesagt. Da machte es sich gut, dass sie Hanne bei der nun anfallenden landwirtschaftlichen Arbeit helfen konnte. Noch durften die beiden Kühe draußen auf der Weide bleiben, aber für den kommenden Winter waren Vorräte zu beschaffen.

Brief vom 21.9.65

Meine liebe Thea!

Wenn einem Menschen jemals im Leben elend zumute war, dann mir, als Du am Montagmittag von mir gingst, Ich habe Dir lange nachgeschaut. Dein heller Mantel wurde zum Fanal eines inneren Kampfes, nicht wissend, ob ich Dir nachlaufen, Dich zurückhalten oder abreisen lassen sollte.

Die Vernunft – die Mutter aller Dinge – siegte dann schließlich und ich glaube, es war gut so. Noch eine weitere Woche inniger Verbundenheit hätte die Trennung, die schmerzhaft genug war, zur unerträglichen Qual werden lassen. Und wir wollen uns doch keinen Schmerz zufügen, nicht wahr, Thea? Im Verlaufe des Tages, als ich auf einer Bank der großen Wiese saß, überstürzten sich meine Gedanken. Anklagen, Vorwürfe gegen mich selbst, Dich nicht lieb genug behandelt zu haben, raubten mir fast den Verstand.

Hinzu kamen Halluzinationen ganz besonderen Ausmaßes. In jeder Frau, die irgendwo in der Ferne auftauchte, die annähernd gekleidet war wie Du, glaubte ich Dich zu erkennen, immer mit dem absurden Gedanken, Du seiest zurückgekommen. Es war schrecklich, Thea!

Du hast mir unendlich viel Freude geschenkt in der Zeit unseres Zusammenseins. Dir dafür zu danken, ist mir ein Herzensbedürfnis. Leider reichen meine Worte nicht aus, um das auszudrücken, was ich für Dich empfinde. Es sei denn, ich bestiege den Pegasus – das Dichterross der alten Griechen –, um mich von ihm beflügeln und in eine Gedankenwelt hineintragen zu lassen, die meinem Leben entspricht und mich begeistert, Dir aber so, wie Du es mich hast spüren lassen, als pure, eitle Schmeichelei erscheinen mögen. Im Kurpark, auf unserem alten Stammplatz zwischen Büschen und Blumen sitzend, will ich nun den Versuch unternehmen, schriftstellerische Fähigkeiten zu entwickeln, meine innersten Gefühle vor Dir auszubreiten, Dir all das zu sagen, was mich bewegt, erregt und tief beeindruckt hat. Dabei helfen mir die Sonne, die eine wohltuende Wärme spendet, und die leichten Klänge der Kurkapelle, welche zu mir herübertönen.

Und Du, liebe Thea, bist bei mir. Dein Platz neben mir ist zwar unbesetzt, aber ich fühle es deutlich, dass Du da bist. Ich höre Deine liebe, immer leicht belegte Stimme, höre Dein leichtes, zärtliches und oft auch herzhaftes Lachen. Ich sehe Deine schönen braunen Augen, die so wunderbar strahlen und leuchten konnten, die Tränen, die Du geweint hast, Dein bezauberndes Lächeln, das mich unsagbar glücklich gemacht hat, Deine reizende Nase, in die ich mich verliebt habe, Dein ernstes, Dein heiteres Gesicht, – all das sehe ich mit meinem geistigen Auge vor mir. Ich fühle den sanften Druck Deiner Hände, spüre Deine weichen, vollen Lippen und den zarten Hauch Deines Atems, wenn wir uns küssten. Um das Bild, das ich mir von Dir gemacht habe, zu perfektionieren, müsste ich es mit vielen Superlativen umrahmen. Doch leider muss ich mir einige Zurückhaltung auferlegen, denn ich weiß ja, dass Dir wenig daran liegt. Oder etwa doch?!

Zu Mittag kam Dein lieber Brief, den Du kurz vor Deiner Abreise noch geschrieben hast. Dass meine Freude darüber groß war, kannst Du dir sicher denken. Liebe Thea, in der Magengrube ist mir schon nicht mehr ganz so „fläu". Hätte ich das geahnt, ich glaube, ich wäre schnellstens zu Dir geeilt, denn Du schreibst mir ja, dass Du noch eine Stunde im Park gesessen hättest. Habe vielen Dank für die lieben Worte, ich gehe später noch darauf ein. Beim Lesen meiner Schrift setze Dir bitte eine Brille mit dicken Gläsern auf, damit Du alles entziffern kannst. Für heute mache ich Schluss, denn Du sollst schnellstens etwas von mir in Deinen Händen haben. Deinen nächsten Brief mit Sehnsucht erwartend, verbleibe ich mit vielen Grüßen und noch mehr Küssen Dein William

Brief 23.9.65

Meine liebe, gute Thea!

Ohne Anspruch auf Eitelkeit zu erheben, so macht sich doch ein gewisser Stolz in mir breit, schon von Deinem lieben Brief in meinem Besitz zu wissen. Ich bin überglücklich, dass Du mich, trotz Deiner am Vortage der Abreise vertretenen Absicht, nicht zu schreiben, nun doch mit lieben Worten und Gedanken beschenkst. Habe Dank!

Die Verzweiflung, verursacht durch unseren Abschied, ist ein wenig erträglicher geworden, die Gedanken überstürzen sich nicht mehr und die Hoffnung, das Verlangen schleichen sich ein, recht bald ein Wiedersehen zu erzwingen, um unsere Charaktere, die manchmal in gehässiger Eintracht herumirrten, zu beider Zufriedenheit zu ergründen. Einstweilen können wir nichts weiter tun, als in der Erinnerung zu leben, an all das Schöne, Erlebte, Erlauschte zu glauben und uns gegenseitig an unserem Gedankenaustausch aufrecht zu erhalten und zu erbauen. – Auch das kann sehr schön sein, Thea? –

Liebe auf Distanz?! Und Deine Liebe, die man die geistige nennt, kann nur blühen und gedeihen, wenn man sein ganzes Sein und Trachten wie ein schönes Buch vor seinem Partner aufblättert und manifestiert. Ich will es tun. Nicht jetzt und morgen, sondern langsam, behutsam und mit dem dazu gehörenden Takt. Alle meine Schwächen und Fehler will ich vor Dir ausbreiten; aber auch das Gute und Positive, was in jedem Menschen, ergo auch in Deinem William steckt, soll nicht zu kurz kommen. Manchmal, wenn Du gut zwischen den Zeilen zu lesen verstehst, kannst Du beide Arten – Gut und Böse – herumposumentieren und Dir Deine Gedanken darüber machen.

Liebe Thea, lass mich nun zur Beantwortung Deiner reizenden Briefe kommen, deren letzter, am 21.9. datiert, heut Mittag hier eintraf. Dass Du mir damit eine riesige Freude bereitet hast, brauche ich wohl kaum zu erwähnen. Ich wäre Dir dankbar, wenn es ewig so bliebe. Ob fröhlich oder ernst, heiter oder traurig geschrieben, die Freude ist immer groß. Wenn Deine Liebe zu mir so stark ist wie die meine zu Dir, dann ist es doch kein Wunder, so kurz nach unserer Trennung in Trübsal auszubrechen. „In dulci jubilo" können wir immer noch machen. Das ist doch ein ganz natürlicher Vorgang. Wenn ich alles überdenke, so komme ich zu der Erkenntnis, Dich nicht lieb genug behandelt zu haben, und das macht mich unsagbar traurig. Ich hätte Dich verwöhnen, Dich mit meiner Liebe überschütten müssen. Dann wieder meine ich, Du müsstest es gespürt haben, bei jedem Streicheln Deiner Haare, Deiner Wangen, bei jeder Zärtlichkeit und Berührung.

Trotzdem meine ich, es war nicht genug. Ich will es schleunigst nachholen. Wie wunderbar wäre es, schon am Samstag, Sonntag davon hier in S. Gebrauch zu machen. Ist das nicht eine absurde Idee? –

Leider lässt es sich nicht verwirklichen. Wärst Du nur

hier geblieben, mein Leben hätte einen ganz anderen Sinn bekommen. Jetzt trotte ich durch die Gegend, ohne Interesse, nur von dem Gedanken beseelt, möglichst bald von hier zu verschwinden. Ohne Dich kann ich es hier nicht ertragen. Morgens spiele ich mit meinen Tischgenossen aus Krefeld eine Partie Golf, dann trennen sich unsere Wege wieder. Ich möchte allein sein mit meinen Gedanken. Ganz allein, nur bei Dir. Es freut mich zu hören, dass man Dich zu Hause mit großem Bahnhof empfangen hat. Ein Trost, so konnte Dich der Menschheit ganzer Jammer nicht allzu fest anpacken. Deine Mutter wird das Übrige getan haben, Dich über die ersten Runden zu bringen. Ich hatte leider kaum Sekundanten zur Verfügung. Nur der Alkohol hilft ein wenig. Ich werde mir nach dem Abendbrot einen ganz gehörigen unter's Chemisetti schlabbern. Verzeih, ab und an bricht sich meine angeborene Vulgärität Bahn. Ein paar Kostproben hast Du ja mitbekommen.

Liebes Schätzchen, anrufen wolltest Du mich? Wie lieb von Dir. Doch lass das man sein, kaufe Dir für die Gebühren lieber ein paar „Lecker-schlecker-Haftigkeiten". Schreibe mir und ich bin der glücklichste Mensch in diesem Jammertal.

Nun noch etwas, was mich in Erstaunen versetzt hat. Du schreibst, ich soll Dich noch nicht vergessen? Noch nicht? Wann dann? Am „Sankt-Nimmerleins-Tag"? Ich kann Dich gar nicht vergessen. Die schöne Zeit mit Dir ist für alle Zeit in mein Herz eingemeißelt. Und wiedersehen will und werde ich Dich, wo Du auch sein magst. –

Eine neue Zigarettenschachtel mit meinen Kritzeleien kannst Du nicht mehr bekommen. Die Gelegenheit hast Du verpasst. Du hast das kleine Notenfaksimile mit den schönsten Worten, die man einer Frau sagen kann, verschmäht. Deshalb bin ich Dir so böse, dass ich mich beeile, diesen Brief zu beenden, nicht aber, ohne Dich im Geiste umarmt und geküsst zu haben. „Auf Wiedersehen", Thea?

Dein William

5.9.1965

Meine liebe Thea – Gesalbte Christi –

Völlig zerschmettert, zu Tode betrübt! Warum bist Du nicht gekommen? Warum habe ich Dich nicht zurückerhalten? Mein Herz bereitet mir Schmerzen und drückt mir die Kehle zu. So etwas ist mir in meinem bisherigen Leben noch nicht passiert. Voller Hoffnung öffnete ich Deine lieb geschriebenen Briefe vom 23. und 24.9. Sie kamen zur gleichen Zeit. –

Die Enttäuschung, Dich nicht übers Wochenende oder bis zur gemeinsamen Abreise bei mir zu haben, warf mich aufs Bett. Nicht fähig, einen klaren Gedanken zu fassen, lag ich eine ganze Weile reglos da. Was hast du nur aus mir gemacht, Thea? Wie soll ich ohne Dich leben, da doch vorläufig keine Aussicht auf ein Wiedersehen besteht? Wie gerne hätte ich Dich gebeten, zu bleiben – nichts war mir willkommener, als Deine Nähe genießen zu dürfen, das starke Fluidum, das Du ausstrahlst, einzuatmen, Deinen warmen, süßen Atem zu trinken. Aber konnte ich diesen vermessenen Wunsch äußern? Du hattest mir doch schon eine Woche des Glücks geschenkt. Für meine Zurückhaltung muss ich nun leiden, qualvoll und ohne einen Hoffnungsschimmer, dass ich in nächster Zeit davon erlöst werde. Den ganzen Vormittag war ich erregt, immer daran denkend, einen Anruf von Dir zu bekommen mit den Worten: „William, ich bin da, hol mich ab!".

Wie konntest Du nur annehmen, ich wollte Dich los sein? Was mag in Deinem Köpfchen vorgegangen sein? Ich kann nur immer wieder beteuern, dass mir unser Zusammensein das reinste und höchste Glück bedeutete. Wenn ich schon nicht den Mut fand, um eine weitere Verlängerung Deines Aufenthaltes zu bitten, dann hätte die Initiative von Dir ausgehen müssen, denn wie ich annehme, hast Du wahrscheinlich den stärkeren Charakter von uns beiden. Manchmal kam mir doch der Gedanke, der Aufenthalt würde zu teuer – finanziell zu teuer für Dich werden. Nun konnte ich Dich nicht mehr drängen, zu bleiben. Du musst versuchen, auch mich zu verstehen. Dass durch einen eventuellen Besuch alles neu aufgewühlt wird, ist doch kein Argument, das müssen wir durchstehen. Wie ich mich kenne, wird das bei allen zukünftigen Treffen ebenso sein oder meinst Du, unsere Liebe erkaltet so rapide? Wenn das so ist, ist es keine Liebe, sondern nur Leidenschaft, und das darf doch wohl nicht wahr sein. –

Meine liebe, große und misstrauische Thea, von all meinen Worten, die ich Dir im Laufe unserer glücklich verbrachten Tage zärtlich zuflüsterte, nehme ich kein Quäntchen zurück. Im Gegenteil! Ich muss versuchen, neue, schöne zu finden. Aber was nützen alle schönen Worte, wenn sie kein Gehör finden?

Das böse Wort „böse" wollen wir nun aus unserem Wortschatz streichen. Legen wir es „ad acta", dort soll es verschimmeln. Ich bin Dir noch nie gram gewesen, auch heut' nicht, wo ich zu lesen bekomme, dass Du annahmst, ich wolle ohne Dich noch etwas erleben. Ohne Dich ist alles dunkel, ohne Dich kein Leben, kein Existieren, sondern nur dumpfes Dahinbrüten, Vegetieren. Die Frauen, so viel sie sich auch bemühen, bedeuten mir nichts. Dich will ich, nur Dich, mein liebes Mädchen vom Rhein.

Deine zärtliche Stimme will ich hören, Deine schönen braunen Augen küssen, ein Stückchen von Deiner Nase abbeißen und mein müdes Haupt an Deine schönen, wohlgeformten Brüste betten. Das Letzte dann als Krönung unserer Liebe. –

Auch die „Katze" liebe ich. Löwin, brüll, zeig mir Deine Krallen, damit ich sie beschneide. Und jetzt höre mir einmal gut zu. Spiel nicht immer gleich die „gekränkte Leberwurst". Du sollst endlich wissen, dass alles, was ich sage und schreibe, nicht provozierend aufzufassen ist. Ein wenig Würze muss ein Gespräch ja bekommen und Kritik ist immer notwendig; auch unter Menschen, die sich in der Liebe auffressen wollen. Die beschmierte Zigarettenschachtel bekommst Du also nicht mehr. Später einmal, so Gott will, können wir über diesen „casus belli" noch einmal die Klingen kreuzen. Der Sieger wirst Du sein, Du besitzt die stärksten Waffen. Entwaffnend bist Du, wenn Du mich um ein Foto bittest. Trotzdem, bei diesem Filmfritzen lass ich keins machen. Übe Dich in Geduld, ich schicke Dir später andere. –

Dies alles habe ich bäuchlings liegend auf der Ruhe- und Liegewiese geschrieben, bekleidet nur mit der Badehose, damit „mein schöner Körper" noch brauner wird und Dir noch besser gefällt. Solltest Du die Möglichkeit haben, sonnenzubaden, dann tue es auch. Für Deine Beine kann das nur gut sein.

Liebes Schätzchen, für die postalischen Verzögerungen kann ich nichts, da bin ich vollkommen unschuldig. Nun, nachdem ich mir meinen Kummer aus der Seele geschrieben habe, geht es mir wieder etwas besser. Morgen, am Sonntag, schreibst Du mir das letzte Mal, nicht wahr? Ich selbst tue es noch ein paar Mal, dann wird eine Pause eintreten. Warte, bis Du wieder von mir hörst. Was auch kommen mag, ich melde mich wieder, Du darfst nicht verzagen.

Denke immer daran, ich liebe Dich mit allen Fasern meines Herzens. Meine Gedanken werden immer bei Dir sein.

Sei umarmt und oftmals geküsst von Deinem untröstlichen, vor Sehnsucht nach Dir vergehenden William. „Auf Wiedersehen", Thea.

Thea wusste nicht, wie sie diese Briefe bewerten sollte. Aber eines war sicher: Dieser Überschwang, diese Lobsprüche, das war ihr zu viel. Sie dachte, an jemanden geraten zu sein, der nicht richtig tickte. Und so schlich sich bei ihr der Eindruck einer letztendlichen Bedrohung, eines möglichen Unheils ein.

Bad Salzuflen am 26.9.65, Sonntagabend
Liebenswerte Thea, wunderbare Frau –
es ist später Abend – 22.30 Uhr. – vor mir habe ich Deine ach so stilvollen Briefe, deren Inhalt ich mich gestern Nachmittag zu beantworten mühte.
Wieder ein verlorener Tag, langweilig und ohne Freude. Den Abend – bis jetzt – habe ich mit meinen Krefelder Sportskameraden im Kurhaus verbracht, bei Fachsimpeln und unwichtigen Gesprächen. Wir saßen auf dem Platz dicht am Podium, wo wir beide einmal gesessen hatten. Um nicht ins Grübeln zu kommen, bediente ich mich des Saftes, dessen Erfinder dereinst Gambrinus war, und ließ mich bis zum Stehkragen volllaufen. Nun liege ich hier in meinem Bett – alleine –, finde keinen Schlaf und denke mit Inbrunst an Dich, an unsere gemeinsamen Erlebnisse, und möchte träumen von Dir die ganze Nacht. –
Gib mir meine Ruhe wieder, Thea. Allein die Tatsache, dass ich meine geheimsten Gefühle so unein-

geschränkt vor Dir ausbreite, müsste Dir doch die Gewissheit geben, dass ich es ehrlich mit Dir meine. Wenn die Telepathie tatsächlich eine ernste Wissenschaft ist, müsste man sie doch auch in unserem Falle anwenden können. Spürst Du, wie meine Gedanken Dich umkosen? Wie ich mich nach Dir sehne? Hätten wir uns nicht so unsagbar dumm benommen, würdest Du jetzt an meiner Seite liegen und alles geben.

Mon Dieu, wohin treibt mich die Fantasie – bin ich im Wolkenkuckucksheim? – Verzeih mir!

Eigentlich sollte ich diesen Brief zerreißen; aber Du sollst mich auch von dieser Seite kennen lernen.

Liebe Thea, am Mittwoch früh, 9.23 Uhr, reise ich ab. Darüber bin ich sehr froh, denn der Aufenthalt wird für mich immer unerträglicher. Zu vieles erinnert mich an unsere gemeinsam erlebten großen und kleinen Begebenheiten. Ich sehe Dich überall – aber Du bist nicht da. Wann werden wir uns wiedersehen, uns an den Händen halten, in die Augen sehen, unsere Stimmen hören?

Wer kann das sagen? Es wird eine schreckliche Zeit über uns hereinbrechen und in dieser Zeit könnte Deine Liebe zu mir ersterben, Thea. Welch' furchtbarer Gedanke! Ich glaube, es ist besser, wenn ich jetzt schlafe, sonst werde ich sentimental.

Warte ab, bis Du wieder von mir hörst, schreibe vorläufig nicht mehr. Sobald ich meinen Dienst im Theater wieder aufgenommen habe, melde ich mich – vielleicht schon früher. Sei geduldig, verzage nicht, alles wird gut werden.

Ich vergesse Dich niemals, denke auch ein wenig an mich, bleibe meine gute, liebenswerte, teure Thea. – Ewig Dein! Ewig mein! Ewig uns! William.

Thea dachte immer heftiger an Abschied. Sie erwog, wie sie das Ganze beenden könnte. Ihr war unheimlich zumute.

28.9.1965

Meine liebe Thea,

voller Erwartung bin ich gestern zur Mittagszeit zu meiner Pension geeilt, um eine Botschaft von Dir in Empfang zu nehmen. Die Enttäuschung war groß, als ich nichts vorfand. In meiner Verzweiflung blieb mir nichts anderes übrig, als nach Deinen bisher geschriebenen Briefen zu greifen. Sie sind für mich ein wahrer Trost. Bewundernswert an ihnen ist der schöne Stil, die Natürlichkeit der Aussage und nicht zuletzt die gut lesbare Schrift. Hast Du schon viele Schreiben dieser Art abgefasst, Thea? Mir fehlt darin die Übung; die Worte fließen mir nur schwer aus der Feder. Doch das nur nebenbei.

Ich setze nun meine ganze Hoffnung und Zuversicht auf den heutigen Postempfang und wünsche nichts sehnlicher, als ein liebes Wort von Dir zu hören. Unvorstellbar der Gedanke, es könnte wieder nichts dabei sein. Du wolltest doch am Sonntag das letzte Mal schreiben? –

Meine Koffer sind gepackt, der letzte Gang zur Kurverwaltung ist getan. Morgen, um 9.22 Uhr, trete ich die Heimreise an. Wenn alles nach Wunsche klappt, bin ich mittags in Gelsenkirchen. Der Arzt hat mir 12 Tage Ruhe- und Schonzeit verordnet, die ich dann auch nutzbringend verwenden will. Nach 2 ½-monatiger Pause wird es für mich sehr schwer sein, meine Arbeit wieder aufzunehmen. Ich muss fleißig trainieren, um all die schweren Mülltonnen in die Höhe zu stemmen, und das täglich. Jede Arbeit ist ihres Lohnes wert und Müllkipper zu sein ist auch ein ehrenwerter Beruf, nicht wahr, Thea? – *Cuique eiusdem!*
(Jetzt nehme ich mein letztes Briefpapier)
Mein liebstes, bestes Mädchen, Dein am 25.9. datierter Brief ist nun doch gekommen. Habe Dank! Auch er war lange unterwegs.
Es ist so wunderbar, alle gemeinsam erlebten frohen Stunden, Tage und Wochen als Reminiszenzen an sich vorüberziehen zu lassen. Mir geht es in dieser Hinsicht genau wie Dir. Man kann nicht oft genug daran denken. Die Zeit mit Dir war ja auch zu schön. Heute Nachmittag war ich noch einmal zum Vierenberg. Erinnerst Du Dich an die kleine Rutschpartie, die Du aus Angst vor mir unternommen hast? Dort, wo wir eine Zeitlang im Grase saßen, habe ich lange verweilt. An dem Tage warst Du auf dem Heimweg, über die Wiesen und Felder, sehr traurig. Und ich fand niemals da die Worte, Dich zu trösten, die Tränen, die Du nach innen geweint, mit einer zärtlichen Umar-

mung zum Versiegen zu bringen. Vieles wäre anders zwischen uns gewesen, hätten wir uns zu einer ernsten Aussprache bereit gefunden. Das gilt auch für Dich, Thea. Geheimnisse darf es zwischen uns nicht geben. Liebe Thea, Deine Bitte, es mir die letzten Tage schön zu machen, fiel auf unfruchtbaren Boden. Im Gegenteil! Ich habe es mir so schwer wie nur möglich gemacht. Im Allgemeinen vergehen die letzten Tage eines Urlaubs meistens wie im Fluge. Die eine Woche ohne Dich aber war endlos. Nichts konnte mein Interesse wecken, auch nicht das „Café im Park", in das ich ohne Dich nie mehr hineingehen werde. Auch in der „Weintraube" bin ich nicht gewesen. Nur in die Konzerthalle, dort, wo wir uns fanden, zog es mich automatisch hin, immer mit dem skurrilen Gedanken, Dich dort sitzen zu sehen. –

Ich war ja so begeistert, so maßlos hingerissen von Dir, dass, wärst Du am Abend nicht wieder erschienen, meine Enttäuschung grenzenlos gewesen wäre und ich mich einsamer gefühlt hätte als nach unserem tragischen Abschied im Park.

Meine gute Thea, in meinen wenigen Briefen habe ich Dir nun mein ganzes Herz zu Füßen gelegt, Dir meine Gefühle und Empfindungen offenbart, so gut ich es konnte. Trete bitte nicht darauf herum. Die Tränen, die Du um mich geweint, können nicht nur Deinem zartfühlenden Gemüt entronnen sein, nicht wahr? –

Behalte mich ein wenig lieb, denke an mich. Ich sage es noch einmal: „Ich liebe Dich!"

Für unbestimmte Zeit:
Keine Umarmungen,
keine Küsse,
kein Druck der Hände,
kein zärtlich geflüstertes Wort,
kein frohes, kein trauriges Lächeln.
Nur:
Schmerzliche Sehnsucht,
heftiges Verlangen,
Schwelgen in Erinnerung,
Gedankenübertragung und Hoffen auf ein gesundes,
recht baldiges „Wiedersehen"
Immer und ewig,
Dein tiefunglücklicher William.

8.10.65
Meine liebe Thea,
über eine Woche bist Du nun ohne ein liebes Wort von mir – verzeih! Umso größer ist nun heute das Verlangen, Dir zu Deinem Geburtstage viel Liebes und Schönes zu sagen.

Empfange zunächst einmal meine allerherzlichsten Glück- und Segenswünsche zu diesem wunderbaren Tag und nimm die Gewissheit entgegen, dass alle meine Gedanken bei Dir sind, dass all mein Sehnen, das allmählich zur Qual wird, sich Dir entgegendrängt. Und doch kann ich nicht bei Dir sein.

Alles, was eines Menschen Seele ganz bewegt bis zum

Grunde, ist doch, dass man Opfer dafür bringt, denn es ist das Größte. – Es gibt Schicksale, wenn die in unser Leben treten und wir schauen ihnen ins Antlitz, so wissen wir, dass wir an den Ketten tragen müssen bis zum letzten Tag.

Am Beginn meines Briefes versprach ich Dir, Dir nur Schönes und Liebes zu sagen, und bin nun doch in die Philosophie geraten. Das lässt sich bei meinem Gemütszustand nicht vermeiden, Thea. Ich wäre der glücklichste Mensch auf Erden, wenn Du mich verstehen würdest. Wenn Du mich ein wenig lieb hast, treten auch in diesem Punkte keine Schwierigkeiten auf; denn nur ein verschwindend kleiner Teil der Menschen wertet alles nach dem Herzen – das aber ist die kleine Gemeinschaft glücklicher Menschen. Die Gewalt einer durch Hindernisse gestauten Leidenschaft, die ganze Mannigfaltigkeit meiner Empfindungen, von denen meine Seele erfüllt ist, sollen meine Briefe an Dich atmen. Sie sollen Dir immer den ganzen Zauber aus unseren glücklichen Tagen in Erinnerung bringen. Aus ihnen sollst Du erkennen, dass Du mein Hauptziel bist und die Hauptbeschäftigung meines ganzen Trachtens und Seins.

Für mich gibt es einfach nichts Schöneres, als an das zu denken, was uns verbindet – verbindet durch all die zauberhaften Erlebnisse in Salzuflens Mauern und seiner herrlichen Peripherie.

Die gewaltige Kraft, die Verborgenes, Vergangenes ins Leben ruft, sie ist gekommen. Auf einmal war sie da, inmitten eines Konzertsaals. In Sorgen, dann Bangen, endlich Erfüllung, dann nur noch Glück, Freude und Begeisterung.

Nun drückst Du mir die Feder in die Hand zu Worten, die ungesagt, ungeschrieben geblieben wären, ohne dieses „große Erlebnis" mit Dir – ohne diese heimliche Angst um Dich.

Inmitten der vor mir aufsteigenden Probleme stehe ich plötzlich vor dem eigenen Herzen wie vor einer Offenbarung und frage mich staunend, kann das sein? Bin ich's denn wirklich? Habe ich es erlebt? Seit wann weiß ich's, was Du meinem entwurzelten Leben geworden bist? – Hab' ich es sofort geahnt? Mir ist es, als hätte es nie anders sein können. Wenn ich an mein früheres Leben denke, so habe ich jetzt nur eine Erinnerung an eine Last, die über meine Kräfte ging, die ich weiter trug, weil ich mir nicht zu helfen wusste, weil ich im Entsagen nicht schwach war; aber wohl zu schwach, um selbst mein Schicksal in die Hände zu nehmen und es nach eigenem Willen umzuwenden. – Die Handlungen in meinem Leben sind immer von außen gekommen. Da begegneten wir uns! Was unbewusst, ungewollt geworden, was ich nicht sehen und wahrhaben wollte, kam über mich mit einer gewaltigen Kraft: die Liebe!

Meine liebe Thea – wie mag es Dir ergehen? Hast Du Deine Arbeit wieder aufgenommen? Ich beginne am Montag, am Tag Deines schönsten Festes, und werde so stark an Dich denken, dass es in Deinen entzückenden kleinen Ohren rasseln möge.

Liebst Du mich noch? Oder war es nur ein Rausch, eine Laune? Du musst mir alles mitteilen, auch das bisher Ungesagte.

Lasse es Dir weiterhin recht gut ergehen, bleibe gesund und guter Dinge, so wie ich Dich kenne, und möge alles erdenklich Gute und Schöne für Dich in Erfüllung gehen. Das wünscht Dir von Herzen Dein William

„Auf Wiedersehen".

Dann schrieb er Ende November plötzlich aus Prien-Chiemsee. Er mache eine Kneippkur. „Eine Woche bin ich jetzt schon in dem herrlich gelegenen Kurhaus am ‚Kneippen'. Bis heute hatten wir jeden Tag schönsten Sonnenschein. Habe auch schon viele Spaziergänge hinter mir. Das Essen ist ausgezeichnet. An Behandlungen habe ich hinter mir: 3 Sitzbäder, 2 Kohlensäurebäder, 3 Massagen, 2 Schenkelgüsse und 1 Vollbad. Bis jetzt alles gut bekommen. Und wie steht es bei Dir? Hoffe, von Dir darüber zu erfahren. Bis dahin verbleibe ich mit den besten Grüßen. Dein Freund William."

Drei Wochen später schrieb er von einem Abstecher nach Seebruck. Seine Grüße verband er mit der Versicherung, er komme Thea nach Weihnachten besuchen.

Die vielen Briefe nervten inzwischen. Bei Thea ließ die Begeisterung für ihn spürbar nach. War das nur eine Episode? Wie er das sah, würde sich sicher klären, wenn er sie daheim besuchte, wie er angekündigt hatte.

Er kam und blieb einige Tage, und zum Entsetzen ihrer Schwester Hanne schlief er nachts mit ihr in einem Bett. Die Mutter war da noch recht nachsichtig, aber auch nicht begeistert. Der Abschied war für Thea ernüchternd. Sie erkannte, dass die Sache mit William zuende ging, obwohl er gefragt hatte, ob sie heiraten sollten. Doch das war einfach so hingeworfen, so sachlich gesagt, wie eine Entschuldigung.

Erst glaubte sie, ihr Herz würde stillstehen. Alles vorbei? Was sollte sie tun? Mit William etwa den Versuch wagen, dessen Herumreisen mitzumachen, von zu Hause wegzugehen? Die Entscheidung war gefallen, so mies es ihr auch ging. „Du glaubst in solchen Situationen, du wirst wahnsinnig, aber dann erkennst du, so ist das Leben, und nicht nur speziell bei dir selbst. Andere durchleben genauso solche Fehlschlüsse", schrieb sie in ihr Tagebuch.

Ein Signal aber gab es: „Wir drei Frauen, waren wieder auf uns zurückgeworfen. Mein Freund William verschwand zunehmend im Horizont der Vergessenheit. Der Alltag hatte auch mich wieder. Zum Glück bot mir mein Arbeitsplatz eine freundliche Abwechslung. Das Thema Liebe war an mir vorübergegangen. Meine Schwester Hanne erlebte ebenfalls einen schnellen Abschied von einer Zufallsbekanntschaft.'

Es eilt die Zeit, die Stunden flieh'n und niemand hält sie auf, auch deine Jahre geh'n dahin wie schnellen Weges Lauf! Sie hatte es hingeschrieben und einen Tag später ergänzt:

„Vierzig, ein schönes Alter. Mit der Jugend ist es aus. Wir alle haben in uns die absurde Gewissheit, dem allgemein menschlichen Los entrinnen zu können. Ein glücklicher Irrtum, dem ich eine ungeheuer lange Jugend verdanke. Sie währte so lange, dass ich sie schließlich als selbstverständlich hinnahm. Schon in der Jugend leidet man bei dem Gedanken, dass man altert. Jeder Protest ist vergeblich.

Als 25-Jährige sähe ich mich dennoch lieber; ohne Schwäche und Mitleid. Allein mit neuen Schwierigkeiten, zu deren Lösung mir niemand verhelfen konnte. Mit jener kurzen Freundschaft, wurde mir das Rätsel seiner Seele aufgegeben! Okt. 67"

Am 1. März 1968 schrieb auf Veranlassung des Innenministers ihr Vorgesetzter:

„Gemäß der Bezugsverfügung ist die Bezeichnung "Frau" ab sofort auch im innerdienstlichen Verkehr anzuwenden. Ich bitte Sie, falls Sie weiterhin als "Fräulein" bezeichnet werden möchten, mir bis zum 15. März einen entsprechenden Antrag vorzulegen."

Theas Eintrag: „Welch ein Erfolg, da kann dir sogar das Lachen vergehen. Wäre es nicht eine amtliche Maßnahme gewesen, ich hätte mich verarscht gefühlt."

Wochen später:

„Mehr Liebe im Leben! – Dem Toten weiht man frische Kränze, warum ihm nur im Leben nicht, warum so sparsam mit der Liebe, und warten, bis das Auge bricht. Im Sarg erfreuen keine Blumen, im Grabe fühlt man keinen Schmerz, wenn lebend man mehr Liebe übte, dann lebte länger manches Herz. 24.6.68 Die Gedanken sind frei, wer kann sie erraten, sie fliegen vorbei wie nächtliche Schatten! Hätte ich die Kraft, mich umzubringen?

Ich leide beinahe nicht mehr, dies hier ist nur noch Reue um verlorene Tage, um verschenkte Jahre. Ich muss mich dieser Tatsache fügen. Wir alle – jedenfalls die meisten Menschen – gehen durch die Erfahrung des Leides.

Es mischen sich Glück und Unglück der Liebe zu einem einzigen Echo. In jeder Sekunde meines Lebens, meines missratenen, verlorenen Lebens. Ich versuche mir zu beweisen, dass die große Liebe in Wirklichkeit nur eine Konstruktion des Verstandes ist. Das gelingt mehr schlecht als recht.

Sieh dich selbst, so wie du warst, wenn du vermagst, drehe die Zeit zurück. Weine nur, ich gebe dir nichts, nur die Erinnerung. Okt. 68"

Thea war überzeugt, das Leben habe sie in seine harte Schule genommen. Es zeige sich ihr nur von der grausamen Seite. Nun schien keine Sonne mehr, „der Tag ist grau und trübe, wie ist es um mein Herz so schwer, so schwer von Leid und Liebe.

Mein Herz, es kann nun nimmer schweigen, weint leise, leise Frauenmelodie. Einst sang es sehnsuchtsvoll den Freudenreigen von Glück und Seelenharmonie. Aus zukunftsfroher Seele quoll ein ewig junger Menschheitstraum, mein krankes Herz, es kann nun nimmer rasten. Der Tod nur spendet ihm ersehnte Ruh. Okt. 68"

Theas Aufzeichnungen markierten ihren „Leidensweg", wie sie meinte.

„Lächeln trotz Weh und tausend Schmerzen. Doch wie's da drin aussieht, geht niemand was an.

Welch ein Jammer. Da glaubte ich erhaben über eine Liebschaft hinweg gewesen zu sein und dann brach doch alles noch einmal in mir auf. Meine Zuneigung zu William war doch viel tiefer gewesen und er hatte mich obendrein auch noch wissen lassen, er fühle sich beleidigt und weggestoßen.

Wo einmal du ganz glücklich warst, schau niemals hin, kehr nie zurück, es zog so vieles mit dir fort, was war es nur? Vielleicht das Glück? Dann quälst du und zermarterst dich, Verlassenheit weht kalt dich an, wie konnt' es geh'n so ohne Spur? Ist Glück denn nur ein kurzer Wahn und es betrog dich nur? 9.6.70"

„Eine Frau von 40 oder 50 Jahren weiß, dass sie nur für sich selbst, in sich selbst die Zwanzigjährige bleibt, doch niemals für die Menschen ihrer Umgebung. Sie weiß auch, dass die letzten Jahre ihrer Jugend ihren Hunger nach Zärtlichkeit, nach Liebkosungen, nach

Liebe keineswegs besänftigt haben.

Die Zeit hat sich auch bei mir und uns abgezeichnet, in der Abnutzung des Gesichtes, des Körpers und ganz bestimmt auch an der Seele und des Herzens. 29.7.71 Jetzt las ich mich mehr in seinen Briefen und fand darin eher sein erhabenes Gefühl mir gegenüber. Nahm der mich überhaupt ernst, war ich nur ein dummes Spielzeug gewesen? Fazit für mich: Er hat mir oftmals weh getan mit einem Wort, und Worte kann man nicht radieren; er hat mir unsagbar weh getan mit Worten auf Papier. Nun gehen diese Worte, die schmerzen, mit mir spazieren. 29.7.71"

Der Ärger mit dem neuen Zaun ums Haus, ein anderes leidiges Kapitel. Ja, so ist es, wenn es dem lieben Nachbarn nicht gefällt, bist du allein auf dieser Welt. Die Lebichs wollten ihr Haus abgrenzen, sahen nicht ein, dass sie ihr Eigentum offen lassen sollten für jedermann. Es war ihr Eigentum und die drei Frauen wollten das schützen, was sie sich mühevoll erarbeitet hatten. Öffentliche Straßen zu zwei Seiten des Hauses. Sie gingen davon aus, dass sie das Recht hätten, einen Zaun auf die Grenzen zu setzen.

Hanne hatte die Grenzsteine freigelegt und dabei erkannten sie, dass sie an der Nebenstraße hart an die Fahrbahn mussten.

„Egal", sagte Hanne, „es ist unser Recht, und warum sollen wir der Stadt ohne Not Gelände schenken, was wir nicht bezahlt erhalten und auch nie wieder nutzen können?"

Also beauftragten sie ihren handwerklich sehr versierten Vetter, Eisenpfähle in Beton zu verankern, um daran dann Maschendraht zu befestigen und dahinter eine Hecke zu pflanzen. Er hatte noch einen Helfer mitgebracht. Die Arbeit der beiden ging gut voran und die drei Frauen ließen sich abwechselnd von Zeit zu Zeit sehen, freuten sich über den Fortgang.

Hanne meinte zu Thea: „Sollen die Nachbarn doch sagen, was sie wollen, wir schützen unser Eigentum, unser Haus, damit sie uns in Ruhe lassen."

Thea: Aber nicht nur die Nachbarschaft kam in Rage, auch Pkw-Fahrer regten sich auf, wir würden die Sicht zur Einfahrt in die Hauptstraße beeinträchtigen.

Als dann ein Vertreter des Bauamtes erschien, wussten wir, dass wieder einmal ein lästiger Streit ins Haus stand. Mutter regte sich maßlos auf, riskierte mit Nachbarn einen Wortstreit, um sich dann aber „geschafft" und enttäuscht zurückzuziehen.

Wie so oft musste ich „an die Front", zog kräftig vom Leder und erklärte in aller Akribie, warum so und nicht anders der Zaun zu stehen hätte. „Wir brauchen die Ruhe in unserem Haus und wünschen nicht immer wieder gestört zu werden", machte ich dem Beamten klar. „Wie Sie wissen, könnten wir einen Zaun bis zwei Meter Höhe errichten, aber das machen wir nicht, wir begnügen uns mit der Hälfte", sagte ich ihm. „Und was den Eckpfosten zur Straßeneinfahrt angeht, werden wir einen kräftigen Stein so platzieren, dass so ohne Weiteres niemand mit seinem Fahrzeug an den Pfosten kommt."

Der Beamte wusste keinen schlüssigen Einwand und ging. Das Geschimpfe der Nachbarn aber hielt an und wie den Lebichs bekannt wurde, war die Geschichte über Wochen ein Gesprächsstoff in der Gaststätte.

Thea wollte sich lieber mit sich selbst befassen, indem sie Fragen der Ernährung dadurch zu erfassen suchte, dass sie Zeitungen und Zeitschriften nach Themen dieser Art durchforstete. Gleichzeitig achtete sie darauf, möglichst den Empfehlungen zu folgen. Sie wollte abnehmen, ein Herzenswunsch, aber von zweifelhaftem Erfolg. Warum sonst riefen ihr Kinder aus der Nachbarschaft zu, „die dicke Frau hat uns wieder auf dem Kieker!"?

Abnehmen wofür, ach ja, da war jener Freund, der immer noch in ihren Gedanken sein Unwesen trieb. „Bestärkte ich mich selbst in Vorwürfen, machte ich mich selbst zum Sündenbock – ein ungeliebtes Wesen. Hätte alles anders kommen sollen? Ich heiraten? Bei den Verhältnissen in unserem Haus? Meine Mutter würde auf ihre alten Tage unglücklich sein, insbesondere, weil Hanne dann letztlich allein wäre, weil die an eine Heirat nicht mehr glaubte", versuchte sie sich selbst zu verstehen.

Ihre Bilanz: „Er hat sein Ziel damit erreicht, dass ich mich gedanklich nicht lösen kann; er wollte mich "treffen" und ich habe es mir zu sehr "zu Herzen" genommen. Dann frage ich mich wieder: Ist dieser Mensch(!!) es überhaupt wert gewesen, dass ich durch ihn seelisch fast gebrochen bin? Nein, er ist es bestimmt nicht!!!

Das "Zusammenleben" ist eine Aufgabe, die nur mit viel Liebe und Verständnis beider Partner erfüllt werden kann. Man muss lernen, sich zu "vertragen", und das erfordert neben Liebe eben auch viel Toleranz. Wohl jeder hat schließlich schon einmal erkennen können, dass es meistens kleine dumme Angewohnheiten des anderen sind, die nervös machen; sie zu tolerieren ist leider oft schwieriger als einen einmaligen "Ausrutscher" des Gefährten zu verzeihen. Wer nicht den richtigen Partner findet, der bleibt besser allein! Das gilt für den Mann genauso wie für die Frau. 7.3.72"

„Worte sind etwas Wunderbares. Es werden viele im Laufe des Tages gemacht. Viele unüberlegte sind dabei. Manche sogar, die wir nicht verantworten können; weil sie verwundet haben oder getötet. Oft wollen sie diese Worte nicht gesagt haben; sie zurückzunehmen, das schafft man nicht. Und so leben sie weiter, verwundend, tötend!! Im Wort kommt das Herz zum Zuge, der Mensch, wie er innen ist, soll das ein Vorgesetzter aufbauen oder zerstören? Man könnte sein Herz vor dem "Reden" ändern und man würde keinen Schaden anrichten. Aber in meinem Falle wollte man töten! 25.9.72"

„Ich bin der Grund seines Leidens, wie er zuletzt schrieb? – Geschafft! Ein großes Schuldgefühl ihm gegenüber lässt mich nicht mehr los. Wie sehr musste er mich l. . . . . . !"

Ein letzter Brief, völlig unerwartet von William:
„Schwer sind die Stunden des Schicksals, wir seh'n uns im Leben nicht mehr, wir gehen auseinander im Frieden, doch die Trennung, die fällt mir so schwer. Verzeih, wenn ich jemals Dich kränkte. Verzeih, wenn ich Unrecht getan. Ich sucht' nur ein Herz voller Liebe und das fand ich bei dir nur allein. Ade nun, jetzt müssen wir scheiden, ich wünsch' Dir ein besseres Glück, vielleicht denkst Du auch unter Tränen an die Stunden der Liebe zurück. 6.11.72"
Thea war fix und fertig, aber trotzdem auch mit ihm. Sie glaubte nichts mehr, wollte alles vergessen.

„Alle sind gegen uns, auch das Schicksal", formulierte sie für sich selbst. Und so kam, was im Grunde kommen musste, die drei misstrauischen, vergrämten Frauen ließen ihre Gefühle auch andere spüren. Zurück kamen Hohn und Belustigung. Das Haus und damit seine Bewohner wurden zum Anlaufpunkt für Scherze aller Art. Sie wussten aber auch, hätten sie gelassen reagiert, die Dinge hätten sich wahrscheinlich totgelaufen.

Dennoch: Als das an einem Pfingstabend schlimmere Auswüchse hatte, kannten sie kein Pardon mehr.

Thea: „Wir müssen jetzt Anzeige erstatten, sonst geht das immer so weiter", hielt ich Mama und Hanne vor. Und die stimmten mir zu, wenn ich die Anzeige formulieren und weiterreichen würde.

„Was aber ist, wenn wir vor Gericht geladen werden", mahnte Mutter, „ich glaube, ich könnte das nicht, allein auf keinen Fall!"

„Wir, Thea und ich, machen das", entschied sich Hanne und legte den Arm um Mutter.

„Um ehrlich zu sein, wir waren im Stress, voller Ärger über das Geschehen und gleichsam im Krieg mit unserer ganzen Umwelt. An diesem Tag habe ich wohl zehnmal zu einem Schreiben an die Polizei angesetzt, immer wieder Änderungen vorgenommen. Wir haben miteinander gerungen, wie letztlich eine glaubwürdige Anzeige aussehen würde", formulierte Thea.

Tage später. Der Brief war geschrieben. Thea brachte ihn zur Post. Die Polizei bestätigte den Eingang, fragte später an, ob sie die Dinge nicht beim Schiedsmann regeln könnten, akzeptierte dann aber, dass die Sache vor Gericht gehen sollte.

Der Gerichtstermin kam, die Beschuldigten wiesen alles zurück. Es sei nichts Ernsthaftes gewesen, nur ein Scherz. Sie hätten nie daran gedacht, dass die Lebichs das alles so ernst genommen hätten. Die gegenseitigen Beschimpfungen an jenem Abend seien doch eine harmlose Auseinandersetzung gewesen. Aus ihrer Ansicht, so deren Anwalt, sei die Geschichte längst vergessen, ohne jeden nachträglichen Groll. Die Beschuldigten versicherten, dass ein solcher Spaß nicht mehr vorkommen werde.

Gesungen hätten sie, das sei wahr, auch gelacht und Lärm gemacht. Das sei nur dadurch gekommen, dass sie zuvor kräftig getrunken hätten.

Der Richter mahnte zu guter Letzt zur Verständigung, gab aber den Beschuldigten auf, jeder solle 50 Mark ans Rote Kreuz spenden. Die Lebichs hatten einen Teilerfolg!

Im Februar 1973 fiel die Mutter so unglücklich hin, dass sie kaum mehr gehen konnte. Sie erfuhr eine längere ambulante Behandlung, war aber nicht nur geschwächt, sondern auch mutlos geworden. Sie wirkte so müde. Das Ende kam schnell.

„Es eilt die Zeit, die Stunden flieh'n und niemand hält sie auf; auch deine Jahre geh'n dahin wie schnellen Weges Lauf! (Mutter)"

7.5.73

Niederschriften ins Tagebuch: Mama hat seelisch schon sehr gelitten, als ihr lieber Helmi gemartert wurde – drei Tage lag er in der glühenden Hitze in Russland, sterbend. Keiner konnte es mitfühlen – im Gegenteil, man peinigte uns noch vonseiten der nächsten Nachbarn, sie schädigten uns, wo sie nur konnten, schrieben, dass Helmi an die Front kam, dass Hanne nicht die Rente bekam usw., dass Thea Pflichtjahre im Arbeitsdienst absolvieren musste.

Mutter, einige Stunden vor ihrem Tod: Die Ewigkeit ist ein großes Haus, man kommt hinein, aber nicht hinaus! Lass mich nicht im Frühling sterben, schick mir nicht den Tod, den herben, in das Licht dem Blütenmeer. Pfingsten 1974
Mama war ein Waisenkind, wusste nicht wohin, sonst wäre sie nicht hier gelandet in den Schutthaufen innen und außen. So wie es jetzt ist, hat es Hanne mit Schweiß und Blut geschaffen. Ich habe das Geld im Wesentlichen beigesteuert.
„Wenn du noch eine Mutter hast, so sollst du sie mit Liebe pflegen, damit sie einst ihr müdes Haupt in Frieden kann zur Ruhe legen. Sie lehrte dich manch frommen Spruch, sie lehrte dich zuerst das Sehen, sie faltete dir die Händchen klein und lehrte dich zum Vater beten. Und hast du keine Mutter mehr, und kannst du sie nicht mehr beglücken, so kannst du doch ihr stilles Grab mit frischen Blumensträußen schmücken. Ein Muttergrab – ein heilig Grab, für dich die ewige, heilige Stelle.
Den schönsten Platz, den ich auf Erden hab', das ist die Rosenbank am Elterngrab."
Der Tod der Mutter hüllte Hanne und Thea in noch düstere Kleidung und Grundstimmung. Schwarz trug

auch Bruder Alois, der fortan, wie sich zeigte, eine wichtige Stütze sein würde.

Zur Totenmesse kamen viele Leute, dann die Beerdigung auf dem Friedhof, die beiden Schwestern mussten schluchzen, fassten sich aber und waren dann daheim. Hier kam es ihnen vor, wie wenn aus dem Haus Wände weggebrochen wären, ein Teil Leben erloschen sei. Und das frische Grab, sie pflanzten Blumen ein, waren mehrmals in der Woche dort, bis sie sich selbst eher abgestoßen fühlten.

Bei Thea verfestigte sich der Gedanke: Ich werde nicht mehr oft an diesen Platz gehen können. Hanne und ich werden bald zusammen in kühler Erde liegen. Wir haben zu viel vonseiten der Nachbarn und auch sonst erduldet – ungerecht. So kann man einen töten. Wir sagen nichts und tun niemanden, etwas – nur Arbeit und Hilfe für andere kannten wir.

Tagebuch: „Hab Ehrfurcht vor den Alten, du bleibst nicht immer Kind. Sie waren, was du bist, du wirst, was sie sind. Es reden und träumen die Menschen viel von besseren, künftigen Tagen. Nach einem glücklichen goldenen Ziele sieht man sie rennen und jagen. Die Welt wird alt und wird wieder jung, doch der Mensch schafft immer Verbesserung. Die Hoffnung führt ihn ins Leben ein, sie umflattert den fröhlichen Knaben, den Jüngling begeistert ihr Zauberschein und wird mit dem Greis nicht begraben. Noch am Grabe pflanzt er die Hoffnung.

Ein Sarg nur und ein Leichenkleid, das sind des Menschen Herrlichkeit! Und täuscht uns auch die Hoffnung oft, der Mensch ist glücklich, wenn er hofft.

Oft in der stillen Nacht, eh' des Schlummers Band mich umsponnen, gern denk ich an Licht und Pracht, von Tagen, die längst verronnen. An Sachen und Leid in der Kinderzeit, an Worte, die Liebe gesprochen, Glutaugen, die blind und erloschen sind und Herzen, die nun gebrochen.

So in der stillen Nacht, eh' des Schlummers Band mich umsponnen, in Trauer denk ich der Pracht von Tagen, die längst verronnen. Und schlingt dann die Kette der Freude in meine Gedanken, die nach und nach um mich wie Blätter im Herbstwind ranken, dann dünk' ich mich fast ein einsamer Gast.

Im Festsaal nach dem Feste – die Lichter sind fort – die Kränze verdorrt – verschwunden die anderen Gäste – so immer ...“

So floss es an diesem Tag wie von selbst aus ihrer Feder: „Die Einsamkeit kann in Hoffnungslosigkeit und Verzweiflung enden, die Einsamkeit ist grausam. Wie schwer ist es sagen zu müssen: Ich bin ganz allein. Je älter der Mensch wird, umso stärker und schmerzlicher empfindet er das Schicksal des Alleinseins. Ein echter Feind ist besser als zehn falsche Freunde. Die Tragik im Leben ist, dass sich eine Tür schließt und sich dafür eine andere öffnet. Jedoch schaut man immer nach der geschlossenen Tür.

Der Arzt ist ein großer Meister der Natur, die beste Medizin aber ist die Liebe. Das A und O aller ärztlichen Kunst ist der menschliche Kontakt zwischen Arzt und Patient.

O hüte dich, der Welt zu zeigen, wenn tief verwundet ist dein Herz, sie wird es dir noch lieber bringen, denn sie ist taub für jeden Schmerz.

Gedenkst du noch der schönen Stunden, der allzu schnell entwichenen Zeit, als unsere Herzen sich gefunden und schwelgten in Glückseligkeit! Ein Gott nur weiß, wie unsere Tage seitdem in banger Sehnsucht floh'n. Er hört meine leise Klage: zu lange schon – zu lange schon …

Ach sag, warum ward plötzlich trüb und kalt unser einst so trunkener Blick? Zur Freundschaft bleichte unsere Liebe und zur Erinnerung unser Glück. Zwar wollt' und durft' ich deine Hand noch fassen, an deiner Brust – o bitterer Lohn – mich meinen Tränen überlassen. Zu lange schon! 31.12.75"

1976 – Bad Rappenau – „Bekanntschaft mit Winfried. Wie früher schon gehabt, traf ich ihn im Speiserestaurant. An dem Tisch hatten schon mehrere Personen Platz genommen. Ich, mit einem freundlichen Lächeln, ob es erlaubt sei, setzte mich hinzu. Den dann noch freien Platz erbat sich jener Mann, der sich Minuten später mir als Winfried vorstellte.

Wir tauschten uns aus über Tagesgeschehen, im Grunde Belanglosigkeiten, die den Aufenthalt in Bad Rappenau betrafen. Die Landschaft am Neckar hat bekanntlich ihren besonderen Reiz und von daher wähnten wir uns an einem attraktivem Ort."

Er war Textilverkäufer, das wurde Thea recht bald mehr als deutlich, denn er konnte sich einfach nicht davon lösen, immer wieder davon zu erzählen. Von den Kunden, die ihn rühmten, von Kunden, die Ware reklamierten und ihm Probleme machten.

Er erzählte von jenen Orten, wo er überall gewesen war, geschäftlich natürlich und immer hochsolide. Thea sollte beeindruckt sein.

Seine etwas hängenden Mundwinkel ließen bei ihr den Eindruck entstehen, dass er nicht so optimistisch veranlagt war, wie er sich ihr darstellte. Zugeben musste Thea allerdings, dass er sich ihr gegenüber sehr aufmerksam zeigte.

Vielleicht fanden sie zusammen?! Täglich machten sie Spaziergänge, erkundeten Stadt und Umgebung und genossen die gute Behandlung im Kurhaus.

„Gestern habe ich dich vermisst", hielt sie ihm eines Tages vor, als er zum vereinbarten Treff nicht gekommen war.

„Ich habe mich mit Bekannten in der Stadt treffen müssen und habe es leider nicht mehr geschafft, dich rechtzeitig zu benachrichtigen", suchte er sie zu überzeugen.

Thea war skeptisch, weil ihre Nachfragen dann ins Leere liefen. Gab es da noch Dinge, die er ihr nicht gesagt hatte?

In aller Form verabschiedete er Thea 14 Tage später bei

ihrer Entlassung aus der Kur. Er versicherte, er werde ihr recht bald schreiben und ein baldiges Treffen vereinbaren, eventuell bei ihr zu Hause, wenn es recht sei. Er umarmte Thea zum Abschied und sie musste heimlich ein paar Tränen aus den Augen wischen, als sie den Zug bestieg und er ihr hinterherwinkte.

Schon zwei Tage später erhielt sie eine Karte, mit der er noch einmal beteuerte, wie sehr sie ihm gefalle und dass er hoffe, sie recht bald wiederzusehen.

Kartengrüße kamen nun in regelmäßigen Abständen und Thea wurde immer sicherer, mit ihm könne es zu einer dauerhaften Beziehung kommen.

Das änderte sich aber schlagartig, als sie eines Tages in froher Erwartung im Kurhaus anrief, um ihn nach Hause einzuladen. Auf ihre Bitte, sie mit Winfried Schwäbe zu verbinden, sagte ihr die Empfangsdame, er habe vor zehn Minuten seine Schlüssel hinterlegt, weil er mit seiner Frau den weiteren Tag in der Stadt verbringen wolle.

1978 – Arbeitsunfähig in mehr als sechzehn Wochen. Häufige, schwere und lang andauernde Erkrankungen hielten Thea zu Hause fest. Es war eine Katastrophe. Die Angst um die Arbeitsstelle, die Frage nach vorzeitiger Entlassung in den Ruhestand trieb sie um. Das Zusammenleben mit Hanne wurde schwieriger. Die Schuld lag eher bei Thea, denn sie reagierte schnell gereizt. Damals hatte sie das so nicht erkannt, hatte vielmehr die Schuld bei Hanne gesehen. Dabei hatte die alle Hände voll zu tun, um ihr gemeinsames Leben so erträglich wie möglich zu gestalten.

Thea schrieb nieder: „Bei Kleinigkeiten regten wir uns auf, schrien uns gegenseitig an, um dann zu erkennen, das hätte doch keinen Sinn. Wir machten uns selbst das Leben noch schwerer, als es ohnehin war.

Mein Tagesablauf bewegte sich zwischen ärztlicher Behandlung und schmerzhaftem Liegen auf der Couch oder im Bett. Gehversuche waren ein Drama für sich und An- und Ausziehen erschienen mir wie Schwerstarbeit. Ich kam kaum noch vor die Tür, etwa um einen Spaziergang zu machen oder mich ein wenig im Garten zu betätigen.

Hanne, selbst nicht ohne Verschleißerscheinungen, war mir in der Beziehung doch weit voraus. Sie schaffte es mit Einkaufen noch, mit Gartenpflege, mit Heizen im Winter und der täglichen Arbeit im Haus. Miteinander verbunden waren wir weiter im Streit mit Nachbarn, mit Kindern und mit Handwerkern oder Lieferanten, die uns allesamt das Leben schwer machten.

Als Kind sagte ich oft: Mama – Helmi – Hanne – Alois – Thea; dann, als Helmi in Russland blieb – Mama – Hanne – Alois – Thea. Dann Tod der Mutter – Hanne – Alois – Thea; schließlich starb auch unser herzensguter Alois auf tragische Weise!!! Rattengift!? Das Herz brach uns zwei übrig Gebliebenen. Das war nun ein grausamer Höhepunkt, von dem wir uns nicht so schnell erholen konnten.

Wir haben 31 Jahre lang zusammen Leid getragen, wir spielten zusammen, gingen zusammen zur Schule, dachten und bangten im Krieg – Alois kam schon als "Kind" zum Militär – dann vorbei.

Hanne – Alois – Thea; Hanne und Thea blieben übrig. Ja, von den fünf Namen, die ich immer wieder nannte, sind noch zwei übrig geblieben. Und bald werden auch sie keinem mehr im Herzen stehen. Hart war das Schicksal und vor allem waren die Menschen gegen uns."

Und nun stellte sich bei Thea selbst wieder Krankheit ein, die sie in der Folge noch mehr bedrängte und ihre berufliche Arbeit akut gefährdete. Der Facharzt stellte fest, dass sie ein Verschleißleiden am Rücken hätte, mit beginnender Bandscheibenschädigung, Neigung zu Verspannungszuständen im Schulter- und Nackenbereich. Thea wurde länger krankgeschrieben. Und das wiederholte sich von Zeit zu Zeit.

„Unsere Ängste, der Ärger mit Nachbarn, mit Bauherren und Handwerkern taten ein Übriges. Beten? Ich glaubte nicht mehr an göttliche Hilfe. Der uns eingeimpfte Glaube schien mir fragwürdig. Kirche war für mich gestorben."

Mai 84 – Hanne und Thea hatten das Dach des Hauses neu decken lassen. Hanne machte dann ihre Schwester darauf aufmerksam, dass einige Dachpfannen unregelmäßig gelegt waren. Auch stimmte die

Einpassung des Dachfensters nach ihrer Meinung nicht.

„Das können wir nicht durchgehen lassen", forderte Hanne die Schwester auf; sie solle reklamieren, dass einige neue Dachpfannen eingesetzt, das Dachfenster neu gerichtet und vor allen Dingen durchgehend neue Waren eingesetzt werden müssten. Beide waren überzeugt, da wurde zum Teil altes Material verwendet.

Und das gab Zoff mit dem Dachdecker. Aus einer zunächst ruhigen Anfrage, dann Kritik, wurde ein richtiger Streit mit gegenseitigen Beschimpfungen. Die Lebichs waren letztlich die Verlierer und klagten beide zudem wieder über Schmerzen und sahen sich einmal mehr missachtet bzw. übervorteilt. Für alle Fälle notierte Thea alle Einzelheiten des Vorgangs, wenn es möglicherweise noch zu einer Gerichtssache kommen sollte.

Dass ihr Name im Zusammenhang mit ihrem Geburtstag in den „Gemeindenachrichten" erschien, wollte sie, wollte auch Hanne für sich nicht länger gelten lassen. Also schrieb Thea an die Verwaltung: „Betr. Auskunft aus dem Melderegister, Meldegesetz NRW, mache ich von meinen Widerspruchsrecht gegen jede Weitergabe von meinen personenbezogenen Daten an Parteien, Adressbuchverlage und über Altersjubiläen an Wochenblätter und Tageszeitungen Gebrauch. Der Widerspruch gilt für nachstehende Familienangehörige Hanne und Thea 1987."

Die beiden waren überzeugt, wenn ihr Name in der

Öffentlichkeit erscheine, werde man nur über sie lästern.

Sie bezogen die Tageszeitung, hörten gerne Radio und hatten auch ein Fernsehgerät, das aber mit der Tischantenne nicht immer im gewünschten Maße funktionierte.

Das Radio war jetzt auch defekt und so entschlossen sie sich zu einem Neukauf. „Ich denke, wir hatten das höchstens drei Wochen, da gab es seinen Geist auf", schrieb Thea. „Ich war mal wieder gefordert, die Dinge zurechtzurücken, also zu reklamieren: Radio funktioniert nicht!" Meine Vermutung zu Hanne: "Wir wurden wahrscheinlich betrogen."

Das Fachgeschäft fragte per Telefon an, ob wir das Radio hinbringen könnten? Das ließ mich heftig protestieren, wir hätten das Gerät bezahlt und erwarteten fair behandelt zu werden. Ein Techniker solle gefälligst vorbeikommen. Für eine seriöse Firma gehöre sich das einfach.

Die mehr unwillige Zusage machte mir klar, dass ich mich etwas im Ton vergriffen hatte. Meine Stimme war in der Tat während des Gesprächs schärfer geworden.

Hanne hingegen: "Du hast das ganz richtig gemacht. Die denken, sie könnten mit uns machen, was sie wollten. Die sprechen sich doch untereinander ab und stellen uns als Querulanten hin."

Peinlich wurde es einige Tage später, als der Techniker feststellte, dass wir die Antenne vom Gerät gelöst hatten und aus diesem Grunde das Radio nicht funktionierte.

Wir hielten dem entgegen, man hätte uns sagen müssen, was zu beachten sei, schließlich könnten wir nicht alles wissen, speziell von diesem Radio.

Der Hinweis auf die Gebrauchsanweisung ließ uns nicht darin wanken, dass letztlich das Fachgeschäft Schuld habe.

Der Techniker ist kopfschüttelnd gegangen. Wieder einer, der uns nicht verstehen wollte."

„Samstagsmittags 12.8.89 VPH, abends geröntgt: Thrombose.

Am Sonntag, 13.8.89 – spätnachmittags im Krankenhaus, nachdem meine Schwester nach Hause gegangen war, kam eine ganz junge Hilfsschwester, gab mir, wie sie sagte, eine Insulinspritze. Ich fragte noch:

"Warum, ich habe noch nie so viel Zucker im Blut gehabt, wie Sie mir angeben. Deshalb brauchte ich nie eine Tablette zu nehmen. "

Dann stach sie zu, und ich war sofort bewusstlos, wie mir später bestätigt wurde.

"Es werden immer schon mal Fehler gemacht", erklärte mir der zuständige Arzt. Das war alles. Mein Hausarzt hat übrigens keinen Bericht über den Hergang erhalten.

Dann, am Montag, stellte ich fest, beide Arme waren von oben bis unten schwarz wie Teer, und das dehnte sich immer stärker aus auf die linke Rückenseite und den rechten Oberschenkel. Behandlung ja, aber Erfolg fraglich.

Ich habe immer wieder die Stationsärzte angerufen, nachdem ich zu Hause war, und berichtet, was geschehen ist. Ich wurde wieder hingehalten. So wurde mir gesagt: "Die Akte ist aus dem Archiv zu einer weiteren Ergänzung genommen und befindet sich zur Unterschrift bei dem Facharzt. "

Bei meinen weiteren Anrufen vertröstet man mich von einem auf den anderen Tag. Was für Folgeschäden sind hierdurch entstanden! Ich habe gelitten und leide noch sehr deswegen.

Ein Zeitungsnachricht erinnerte mich später an meine gefährliche Situation: Auf der Anklagebank in Wien saßen die vier sogenannten "Todesschwestern", die angeblich über vierzig Patienten qualvoll ermordet hatten. Überdosen von Beruhigungsmitteln hatten sie verabreicht und gewaltsam Wasser eingegeben. Es stellte sich heraus, dass die Frauen Tätigkeiten verrichten mussten, für die sie keine Ausbildung hatten. Da habe ich also Glück gehabt."

Notiz 3. Mai 1987 – „Streitiger Wortwechsel mit dem Nachbarn. Da hat der doch zu mir gesagt:
"Es ist richtig, dass ich euch so verschroben hinstelle, wie ihr seid", nachdem ich sagte: "Ihr versucht uns überall schlecht zu machen. Ihr habt uns bald kirre. Ja, ihr wollt, dass wir unter die Erde kommen."

Stunden später sagte ich zu Hanne: "Nachbars Frau hat ‚an den Kopf gezeigt', als sie vor dem Haus arbeitete. ohne jeglichen weiteren Grund. Sie wollte sagen, dass wir nicht richtig ticken. Später machte sie es wieder."

Jetzt, mit 76 Jahren, griff sie sich an den Kopf, eine höhnische Geste zu mir hin, als ich ihr zeigte, dass die von ihrem Enkel eingeworfenen Fensterscheiben noch nicht wieder repariert sind. Wochen vorher hatte ich ihr vorgehalten, wie sie es zulassen könne, dass die Enkel auf den kranken Rücken der Hanne Schneebälle mit Steinen warfen?

Da zeigte sie mir mit beiden Händen an den Kopf, noch einmal, eine alte Frau von 76 Jahren. Sie hat immer wieder den einen Jungen aufgehetzt. Was hat der uns Ärger gemacht! Seine Großmutter und die Mutter ändern nichts. Wenn sie ihm gesagt hätten, er solle solches nicht mehr machen, wäre bestimmt Ende damit gewesen."

Niederschriften 1990 – „Die Verwaltung macht uns erneut Vorhaltungen. Wir müssten die Bäume vor unserem Haus wegen Verkehrssicherheit beschneiden. Notfalls werde auf unsere Kosten eine Firma beauftragt. Wieder eine Drohung, obwohl niemand bislang in diesem Sinne mit uns gesprochen hatte.

Natürlich sind wir der Forderung nachgekommen. Schließlich sind wir vernünftige Leute und würden auf keinen Fall etwas zulassen, was andere gefährdet.

Die Bäume wurden beschnitten, einer des Alters wegen gefällt.

Eine Möbelgeschichte: Was die Möbelfirma mit uns gemacht hat, kann man nicht beschreiben. Sie haben uns zuerst Bretter-Möbel geschickt, die wir gar nicht bestellt hatten; dann wieder solche, die an den Ecken beschädigt waren.
Ich hatte schon bezahlt in dem Glauben, sie würden die richtige Ware anliefern. Dann hieß es, sie würden die Ware abholen und das Geld zurückgeben. Aber auch das ist nicht geschehen. Wir mussten reklamieren, reklamieren. 1988 DM hatten wir schon bezahlt, aber bis Schrank, Tisch, Sitzbank richtig geliefert waren, musste ich an die zehn Briefe schreiben."

1993/94 – „Blasenentzündung? Am 19. November ging ich aufgrund der aufkommenden Beschwerden im Unterleib zum Urologen. Er sagte: "Haben Sie Schmerzen, können Sie Wasser halten?"
Ich: "Ich habe im Augenblick keine Schmerzen und kann auch Wasser halten, daher glaube ich, dass ich keine Blasenentzündung habe."
Arzt: "Dann können wir ja mit der Untersuchung bis nächste Woche warten. "
Ich bat ihn nun, die Untersuchung doch lieber jetzt zu machen. Bei der Untersuchung stach der Arzt zweimal in die Blase, sodass ich schreien musste.
Ergebnis der Untersuchung: Die Blase ist in Ord-

nung, Scheidengewebe?

Ich wollte aber genauere Aufklärung. Da ich keine Ruhe hatte, sprach ich am 25.11. noch einmal bei dem Arzt vor. Er sagte, es sei alles in Ordnung, und las mir vor, dass ich selbst gesagt hatte, ich hätte keine Beschwerden mehr, sprich an der Blase, dann ergänzte er: "Eine Blutung", das sei aber nicht schlimm.

Darauf ich: "Ich habe nie eine Blutung gehabt."

Er: "Das haben Sie aber gesagt, sonst hätte ich es nicht notiert."

Ich wiederholte, nie eine Blutung gehabt zu haben, und bat ihn, den Satz aus seinem Manuskript zu streichen.

Er rief dann meinen Hausarzt an und sagte dem: "Hier sitzt die Thea Lebich, was machen wir mit ihr? Operieren – wofür – die Blase ist doch in Ordnung."

Dann fragte ich, wie es mit dem Uterus sei, ob da vielleicht die Ursache liege?

Da schrie er auf dem Weg in einen anderen Behandlungsraum:

"Was habe ich mit Ihrer Gebärmutter zu tun? Sie sind eine gesunde Frau. Gehen Sie doch rüber zur Frauenärztin."

Die Frauenärztin hatte nicht weit weg ihre Praxis. Ich ging hin. Und die Ärztin machte dann, wie schon einmal gehabt, eine Ultraschall-Untersuchung, sehr lange, sie drückte immer wieder auf den Unterleib."

"Das tut aber sehr weh", beklagte ich mich mehrfach.

Die Ärztin nach längerem festen Drücken:

"Es ist doch die Blase."

Tage später stellten sich Schmerzen ein, die aus meiner Sicht nur von dem starken Drücken herrührten. Ich bin überzeugt, das alles war Intrige, die Ärzte machten sich mit mir einen Spaß."

„Silvester 97/98, 24 bis 1.30 Uhr – anderthalb Stunden Raketen u. a. nur auf unser Haus hin abgefeuert. Es war eine schwarze Rauchwolke um das ganze Haus. Raketen flogen aufs Dach, vor und neben das Haus, am Haus ein Brandstreifen.

Sie warfen nichts auf ihre eigenes Gelände oder auf ihre Wiesen. Unser Besitz war nur das Ziel. Ein Herr Weise hatte von einer anderen Seite auf unser Haus geschossen. Die wussten, dass wir nicht sagen konnten, welche Person von denen, die dort zur Silvesterfeier eingeladen waren, unser Haus beschossen hat.

Wir haben diesen Familien noch nie einen Schaden zugefügt. Aber diese Nachbarn haben uns jahrelang weh getan. Wir fürchten uns vors Haus zu gehen. Sie zeigen durch Gesten an, dass wir nicht richtig im Kopf seien, sie fürchten, wir würden die Geschehnisse anderen erzählen. Nein, sie wollen uns "seelisch" töten. Es ist bald so weit.

"Mit euch kann man nicht auskommen, das wissen inzwischen alle Leute. Warum sollten wir nicht sagen, was hier abläuft, wenn man uns fragt?", sagte die Nachbarin wörtlich zu mir.

Wir machen seelisch immer mehr mit. Nur aus Angst

besteht unsere Zeit noch. Wir sind seelisch und körperlich leidend. Verbrannte Wandstreifen durch Raketen etc. mussten wir neu streichen, dieselbe Farbe
hatten wir leider nicht. Unglaublich, dass alte Menschen so geschädigt werden!"

Sonntag 1.2.98 – „Hannes Schmerzen im Kopf sind
seit dieser Zeit unerträglich, sie hat Freitag beim Arzt
eine Spritze bekommen; es wird aber immer schlimmer. Bei mir stellen sich mehr und mehr Durchblu-
tungsstörungen ein; es wurde damit schlechter seit
diesem 31.12. Wer kann sich vorstellen, was es bedeutet, wenn so eine Raketenflut in Richtung unseres
Hauses geschossen wird.
Aber es geschah noch mehr. Von den fünf neu gekauf-
ten Zypressen wurden vier vergiftet. Rollladen wurden zweimal mit Flüssigkeit beworfen, sodass sie un-
ansehnlich wurden. Dann hat jemand ein Ei vor die
Rolllade geworfen. Ostern war es ein Blumentopf, der
vor unsere Hauswand flog. Was sollen wir machen?
26.8.98 – Gerüstbau. Ein Wagen mit Gerüst versperrt
die Straße und unsere Zufahrt, ohne uns zu fragen.
Von unseren Tannen wurden Reiser abgeschnitten
und hinter unseren Zaun geworfen. Dazu wieder hä-
mische Gesten der Nachbarin, die breitbeinig vor ihrer Haustür stand. Ein Wagen mit Anhänger auch aus
der Nachbarschaft war so abgestellt, dass keine grö-
ßeren Fahrzeuge vorbeikonnten, ohne unsere Bäume
zu beschädigen. Wieso haben die das Recht, die halbe

Straße zu sperren? Aber der Veranlasser ist angeblich der wohlhabendste Mann in der Stadt und will uns "vernichten".

Der neue Radiator war auch nicht in Ordnung. Ich musste das Geschäft anrufen, sie sollten kommen, weigerten sich aber. Habe dann selbst versucht, die Automatik zu ändern, klappte dann auch, war offenbar festgeklemmt. Regenrinne war nicht in Ordnung, schon bezahlt. Wand beschädigt. Unsere Enttäuschung ist groß.

Schlimmer war der Ärger mit den Katzen aus der ganzen Nachbarschaft. Die versammelten sich auf unserem Grundstück, weil sie von anderswo vertrieben wurden.

Wir hatten uns eine Gegenwehr ausgedacht. Wir wollten die Katzen durch Lärm vertreiben, und zwar so, dass sie nicht wiederkommen würden.

Neben unserem Haus stehen die Mülltonnen. Wir würden darauf mit Knüppeln schlagen, dass den Katzen Hören und Sehen vergehen sollte. Eine erste Probe war wirksam.

Dann, eines Morgens früh um 7.30 Uhr: Ich schreckte aus dem Schlaf.

Hanne rief: "Thea, Thea, die Katzen sind da, ich habe sie schreien gehört. Wir müssen sofort aufstehen und Lärm machen."

Hanne war schon aus dem Bett und zog sich an. Ich selbst konnte mich noch nicht sofort entschließen, aber meine gute Schwester ließ mich nicht in Ruhe, bis auch ich angezogen war.

Wir gingen nach unten, holten uns die Knüppel aus dem Abstellraum, schlichen uns dann nach draußen zu den Mülltonnen und begannen mit dem höllischen Lärm. Wir sahen nur noch, wie einige Katzen in hohen Sprüngen davonsausten. Die würden wohl nicht so schnell mehr wiederkommen."

20. Februar 1998 – „Ruhestörender Lärm?! Der Bürgermeister schreibt:
"Sehr geehrte Frau Hanne Lebich, sehr geehrte Frau Thea Lebich! Aus Ihrer Nachbarschaft wurde bei mir Beschwerde geführt, dass Sie seit geraumer Zeit permanent in den frühen Morgenstunden mutwillig mit Holzknüppeln auf Ihre Hausmülltonnen schlagen und Ihre Nachbarn sich durch den erzeugten Lärm erheblich belästigt fühlen. Ohne nähere Überprüfung der Anschuldigung erlaube ich mir, Sie auf die Bestimmungen des Landesimmissionsschutzgesetzes (LImschG) hinzuweisen, wonach sich jeder so zu verhalten hat, dass schädliche Umwelteinwirkungen vermieden werden, soweit das nach den Umständen des Einzelfalles möglich und zumutbar ist.

§ 9 des LImschG regelt den Schutz der Nachtruhe. Von 22.00 bis 6.00 Uhr sind Betätigungen verboten, welche die Nachtruhe zu stören geeignet sind.

Durch diese Vorschrift werden grundsätzlich alle ruhestörenden Betätigungen während der Nachtzeit untersagt. Verstöße gegen diese Bestimmungen können mit einem Bußgeld geahndet werden. Ich darf Sie bitten, die Vorschriften zu beachten und sich zukünftig so zu verhalten, dass Belästigungen für die Anwohner nicht mehr auftreten können." "

Die Lebichs waren geschockt. Die Verwaltung müsse sie doch zuerst anhören, ob das stimmt, was Nachbarn behaupten, zumal die nur gegen sie arbeiten. Vor allem müssten sie fragen, warum sie Lärm gemacht hätten. „Statt dessen sagte uns ein Nachbar an diesem Tag des Posteingangs noch, wir würden wie ein Hahn krähen, und dann bedachte er uns mit einem "Kikeriki"."

Für Hanne und Thea war Tatsache: Fünf Katzen aus der näheren und weiteren Nachbarschaft tummeln sich nur um ihr Haus (Tag und Nacht). Vermieter hätten ihren Mietern verboten, die Katzen auf ihre eigenen Wiesen laufen zu lassen. Es sei unglaublich.
Theas Reaktion: „Hanne, wir wollen auf unserem Gelände nicht die Katzen haben!"
„Thea, wir sollten uns nur nicht beirren lassen, egal, was die Verwaltung schreibt. Wir machen weiter am Morgen Lärm und vertreiben so die Katzen, die uns ja nicht gehören!"
Thea überlegte: Wer hat Beschwerde geführt? Ständig in den frühen Morgenstunden? Die Anschuldigungen hätte das Amt überprüfen, uns zuerst anhören müssen. Von dem Mietshaus kamen vier Katzen, voriges

Jahr fünf hinter unser Haus, machen sich nur hier leer und gehen auf Fensterbänke, kratzen am Fensterglas. Rollläden kann ich morgens nicht hochziehen, damit frische Luft, die wir dringend brauchen, hereinkommt. Ein Fenster, an dem keine Rolllade ist, musste ich schon mit Folie zukleben. Die Wand war neu gestrichen mit teurer Farbe. Leider haben wir keine Heizung. Da gehen die Katzen auch noch in den Schuppen auf die Briketts und verschmutzen diese.

Eine lange Leiter steht in der Scheune, die Katzen klettern die Leiter hoch und heben die Ziegel und kommen oben heraus. Die Dachpfannen liegen dann nicht mehr richtig auf und Regen rauscht dann ins Innere.

„Sie wissen ja selbst auch, dass Katzen ihre Krallen schärfen", rief Thea die Besitzerin an und die sagte ihr, das könne nicht sein, dass das ihre Katze sei, sie liege neben ihr im Bett!

Ein anderer Nachbar antwortete ihr auf Anfrage, dann müsse er mal nachsehen, was zu machen sei. Aber es geschah nichts.

Niederschrift: „Wenn ich hinter das Haus gehe, bleiben die Kothaufen an meinem Absatz hängen. Wenn die Tiere immer und immer wieder hinter, auch vor dem Haus sind, muss ich ja klopfen, in der Hoffnung, dass sie dann einige Zeit wegbleiben.

Nachts laufen sie alle um unser Haus, beschmutzen das Fundament. In den frühen Morgenstunden kann ich unmöglich permanent mit einem Knüppel Lärm machen, da wir wegen zunehmender Schmerzen noch im Bett liegen."

An die Verwaltung schrieb Thea:

„Sehr geehrter Herr, Ihnen geben wir nicht die Schuld, aber Sie hätten zuerst die Anschuldigungen überprüfen müssen. Die Ungerechtigkeiten, auch in anderer Hinsicht, können wir nicht mehr ertragen. Wem wir die moralische Schuld geben, aus welchen Gründen, und dass wir keinen Lebensmut mehr haben, wird man noch erfahren. Menschen haben uns seelisch fertig gemacht und die Ehre genommen.

Der psychische Schmerz ist die Ursache vieler starker auch körperlicher Leiden. Allein stehende Frauen werden meist für dumm gehalten, obschon sie das ganze Leben geschuftet haben. Sie kennen uns ja. Ein Auto haben wir nicht, müssen also alle Einkäufe und Besorgungen zu Fuß oder mit dem Fahrrad machen. Aber das sind noch Kleinigkeiten gegenüber dem, was wir von Kind auf gelitten haben. Jedoch, wir wollen hier sachlich bleiben, damit haben Sie nichts zu tun. Wir können es noch nicht fassen, dass wir beschuldigt werden sollen, weil wir die Katzen nicht hier haben wollen. Die Katzenhalter aber unternehmen nichts, um die Tiere von unserem Grund und Boden fernzuhalten. Wir haben bisher alles ertragen, mit dem Gedanken, die Katzenhalter würden es selbst einsehen. Sehr geehrter Herr, wie soll es denn jetzt weitergehen, wie geändert werden?"

Ironische Antwort bei telefonischer Rückfrage: „Füttern Sie die Katzen. Für mich ist die Sache erledigt."

22.3.98 – Die Tür schloss nicht richtig. Zwei Monteure waren da. Als diese schon im Wagen saßen, rief Thea sie zurück:
„Tür steht noch immer unten ab, es zieht ganz gewaltig durch den Südwind."
Die Monteure schafften es nicht. Sie kamen einige Tage später wieder, aber es klappte auch nicht. Erst nach Wochen wurde das zur Zufriedenheit der beiden Damen erledigt.

8. Mai 1999 – 19.30 Uhr: Eine Hauseigentümerin jagte eine Katze wieder zu uns rüber. Sie solle sich bei uns entleeren. Als ich ihr zurief, die Katze hat nichts bei uns verloren, sagte sie:
"Wenn Sie die Katze wegjagen, stecke ich Ihnen das Haus in Brand."
Dieselbe Frau ist bei einem Arzt tätig. Die ist ja gefährlich. So etwas hat noch nie einer uns gesagt.

14. August 99 – wieder Knallkörper auf das Haus geworfen. Einige junge Burschen machen sich an unserem Zaun zu schaffen und reißen Äste von den Bäumen ab. Der Zaun ist niedergerissen, wird auch noch nicht auf unser Ansinnen hin wieder befestigt.

Mal ging es ruhiger her, mal wieder lauter. Zeitweilig schien nichts mehr zu geschehen. Das lag sicher auch daran, dass Hanne und Thea sich kaum draußen sehen ließen. Gesundheitliche Probleme stellten sich zunehmend bei beiden ein. Dann aber – Thea muss es niederschreiben:

Eintrag: Hanne hat noch keinen Tag Urlaub im Leben gehabt. Muss Asche jeden Tag – da keine Heizung – heraustragen, kann sich aber hinter dem Haus nicht sehen lassen, denn dann kommen die Kinder gelaufen, warten förmlich darauf, stellen sich ans Tor und rufen Schimpfwörter. Muss sie sich von solchen Kindern anpöbeln lassen? Mir geht es genauso, wenn ich diese Arbeit verrichte.

Wir sind seelisch und körperlich gebrochen. Andere sind Herr über unser Eigentum, für das wir uns das ganze Leben geplagt haben.

Jetzt ist alles anders. Die Burschen spielen ihr grausames Spiel und deren Väter lachen darüber und hetzen auch noch. Immer sind es Jungen, die sich an fremdem Gut vergreifen oder Leute ärgern. Es wird ja immer gefährlicher, je älter diese Jungen werden. Kürzlich hatten sie dreizehn Ballons mit Wasser gefüllt und die warfen sie dann, dass sie rund ums Haus platzten. Als der Orts-Polizist am 30.9.02 dreimal schellte, war er über das geschlossene Tor unserer Umzäunung gesprungen. Die Rollladen waren noch alle zu. Wir waren im Bett geblieben, da wir in der Nacht starke Schmerzen hatten. Das aber hat uns einen Schock gegeben.

Wie also kann ausgerechnet ein Polizist so mir nichts

dir nichts über das geschlossene Eingangstor springen? Wir sind doch keine Verbrecher, die man sucht. Dadurch erneut bestärkt, treiben die Jungen den Unfug immer weiter, stellen sich ans Tor, pöbeln uns an. Dabei habe ich die Burschen als Kinder gemocht. Einige gingen bei uns ein und aus.

Wie können Eltern noch fördern, dass Kinder alte Frauen, die das ganze Leben geschuftet haben, anpöbeln und ihnen keine Ruhe lassen? Es macht ihnen Spaß. Da freuen sie sich den ganzen Tag drauf. Wenn zum Beispiele der von uns angesprochene Amtsleiter es nicht fertigbringt, dass sie nach jahrelangem "Handeln" nicht aufhören, haben sie vor ihm keinen Respekt.

2003 – Gestern, Sonntag, 17 Uhr, ging ein Junge mit einem Korb und Spaten auf unser Grundstück, schaufelte ein Loch und vergrub etwas, es war ein totes Tier. Wir waren fassungslos, konnten aber nichts mehr ausrichten.

Die Einführung des Euro 1999 bzw. 2002 machte die Lebichs misstrauisch und sie beschlossen all ihr Geld, die DM, vom Konto abzuheben und ins Haus zu holen. Insgesamt 250 000 DM ließen sie sich in Scheinen auszahlen und machten sich daran, je 15 000 Mark zusammenzupacken und im Haus an den verschiedensten Stellen zu verstecken.

Hinter Schränken, hinter dem Eisschrank, dem

Kochherd, an Schubladen angeklebt, unter dem Bett, sie wussten nachher selbst nicht mehr, wo sich alles befand. Die Hauptsache, niemand anders könnte es finden. Das hat sie zunächst unheimlich beruhigt.

Argwöhnisch allerdings führten sie Kontrollen durch. Es hätte ja sein können, dass ein Bündel zu offen lag. Dass jemand einbrechen würde, daran glaubten sie nicht. Schließlich waren sie noch zu zweit im Haus.

Hanne rackerte sich immer noch ab mit Arbeiten am und um das Haus. Von Zeit zu Zeit holte sie unter anderem Holz aus dem nahen Wald. Sie hatten keine Zentralheizung, aber einen Küchenherd und zwei weitere Kohleöfen in den Zimmern, in denen sie sich aufhielten. Zudem hatten sie transportable Ölradiatoren beschafft, die sie nach Bedarf hier oder dort in Betrieb setzen konnten.

Holz musste wieder mal her und Hanne machte sich kurz nach Mittag auf den Weg. Zur üblichen Kaffeezeit am Nachmittag war sie noch nicht zurück. Erst als es schon dämmerte, sah Thea sie die Anhöhe hinaufkommen, gestützt auf Stöcke und ohne Brandholz, wie ihr schien. Sie humpelte und zog ein Bein etwas nach.

Auf ihren Zuruf, was passiert sei, antwortete sie zunächst nicht, dann, als sie näher kam, keuchend: „Ich bin über eine Baumwurzel gestolpert und habe mir mein Knie verdreht. Ich konnte zunächst überhaupt nicht auftreten. Es schmerzt ganz schön. Ich werde wohl zum Arzt müssen!"

Das aber passierte zunächst noch nicht. Sie half sich mit Salbe und einem Verband, was die Wirkung hatte, dass sie wenigstens wieder auftreten konnte. Der Arztbesuch war zunächst verschoben. Übliche Lösung: Beide Frauen waren fast schon süchtig nach Diazepam.

16.6.03 – Eine Fürsorgerin besuchte die Lebichs. Hanne arbeitete gerade draußen im Vorgarten. Der Verband um ihr verletztes Knie hatte sich gelöst, ein Stück hing ihr bis auf den Schuh. Sie hatte vergessen, ihn wieder zu befestigen, bevor sie die Tür öffnete.

„Ich wollte mal hören, wie es Ihnen geht und was mit den Nachbars-Kindern denn los ist, mit denen Sie offenbar Probleme haben", meldete sich die Fürsorgerin. Thea hatte das gehört, meinte, die Fürsorgerin habe sich ziemlich barsch gezeigt. Sie war schnell in ihr Zimmer gegangen, war noch nicht ordentlich angezogen, da sie lange gelegen hatte, nachdem sie abends immer aufpassen musste, was besagte Kinder kaputt machen könnten.

Dann wandte sich Thea an Hanne: „Mache den Verband wieder fest und zieh das Hosenbein runter."

Die Fürsorgerin kam ins Wohnzimmer und unterhielt sich mit den beiden über einige Belanglosigkeiten. Jedenfalls sahen das die Lebichs so.

Zuletzt sagte die Fürsorgerin: „Ja, dann muss ich mal sehen, was ich mache."

Sie hat das „Unerhörte" dann in die Wege geleitet, nämlich die Lebichs in Vormundschaft zu vermitteln, wollte das auf deren Vorhaltungen aber im Amt nicht zugeben. Jedenfalls kam eine Ärztin, um Thea und Hanne zu befragen.

„Ich komme noch nicht darüber hinweg, wieso Sie als Ärztin hierhin kommen konnten. Wer hat Sie persönlich angeschrieben? Ich darf Sie doch bitte fragen, habe das Recht", sagte Thea ihr. „Wir haben nichts gemacht, *wir* sind doch gequält. Ich habe das Recht und darf Sie fragen, wer uns als Schuldige oder Unmündige hinstellt?"

Mit deren Antwort war Thea nicht zufrieden und meldete sich wieder:

„Wir können uns noch ganz gut helfen! Wir sind nicht geisteskrank, haben keine seelischen Störungen, sind nicht nervenkrank. Das werden Sie auch feststellen. Wir haben zu viel gelitten, all die Jahre. Fast jeden Tag haben uns Burschen hier angeschrien, Lärm gemacht mit Tretketten – auf und ab auf den Hof, dicht an den Zaun gestellt, geschrien, gelacht.

Einmal morgens warfen sie rohe Eier gegen die Rolllade, einmal einen Blumentopf. Sie warfen Steine hinter das Haus. Tannen wurden beschädigt, Farbe oder dunkle Flüssigkeit wurde vor die Ostwand geworfen. Wir haben samstags jemand bestellt, der die Farbe schnell abscheuerte, damit sie sich nicht mit der Fassadenfarbe verband."

Eine verständnisvolle Reaktion blieb aus.

Thea sagte voller Verbitterung: „Wir brauchen keinen Psychiater oder Neurologen, wir haben keinen bestellt. Wieso kommen Sie?"

Am Freitag, 11.7., spätnachmittags, wurden acht Steine vor die Hauswand geworfen. In der Tür war ein Loch durch einen spitzen Stein entstanden. Immer wieder hatten die Burschen in den Maschendrahtzaun getreten. Übrigens: Pfingsten vor zwei Jahren die ganze Südwand mit Graffiti beschrieben, rot und gelb.
Silvester 03.21 Uhr, das gleiche Schauspiel, der gleiche Ärger. Böller krachten vor der Haustür. Wir wollten gerade nach oben, standen an der Tür, als die Böller loskrachten.

Thea musste sich nach den verschiedenen Besuchen (Fürsorgerin – Ärztin) auch mit diesen Dingen befassen: Psychiatrie = Spezialfach des Erkennens und Behandlung der Geisteskrankheit und seelischen Störungen. Neurologe = Nervenarzt. Das Gebiet der Gehirn- und Geisteskrankheiten.
Resultat der Überlegungen der beiden Schwestern: Die wollen alle nur unser Eigentum haben, das, was Hanne mit Schweiß und Blutstropfen so, wie es jetzt ist, aufgearbeitet hat. Das Haus war eine kleine Lehmbude, das Land total verkommen. Ums Haus herum nur alte Bäume, die sie gefällt und die Reiser verbrannt hat. Sie hat geschuftet wie sonst keiner hier. Das Herz bricht ihr und mir!!

2004 – Anfang Juli wurde es mit Hanne ganz schlimm. Ihr lädiertes Knie machte nicht mehr mit. Zudem schien sie zeitweise verwirrt, das erkannte Thea so, obwohl ihr selbst das auch manchmal nachgesagt worden war. Für ihren Hausarzt gab es kein Wenn und Aber mehr. Er ordnete eine Untersuchung im Krankenhaus an.

Hanne wollte das zwar nicht, sah aber schließlich ein, dass die stationäre Behandlung sein müsste.

Der Arzt fragte: „Wie sollte es denn hier bei Ihnen zu Hause auch gehen? Wer sollte Sie versorgen?"

Hanne: „Es ist wahr, Thea kann ich es nicht zumuten, mich hier zu pflegen. Sie bräuchte im Grunde selbst Hilfe, das wissen Sie doch auch, Herr Doktor!"

Ergebnis der Untersuchung im Krankenhaus: Das Knie war nicht mehr zu retten, ein künstliches müsse eingesetzt werden. Hanne durfte wieder nach Hause.

Am Freitag, 23. Juli, rief Thea im Krankenhaus an, um zu erfahren, wie denn nun mit ihrer Schwester verfahren werde. Die betreffende Arzthelferin sagte nur, dass Hanne einer Operation zugestimmt habe. Sie solle jetzt am Montag, 11 Uhr, kommen.

„Jetzt ist das Knie dran", fügte sie hinzu; und welcher Arzt operieren werde, könne sie nicht sagen. Thea ließ nicht locker, aber es blieb dabei, sie wisse nicht, welcher Arzt operiere. Der Oberarzt sei im Übrigen in Urlaub.

Also kam Hanne ins Krankenhaus und für Thea tat sich ein dunkles Loch auf, denn wie beschwerlich würde der Besuch im Krankenhaus, wenn sie das überhaupt fertigbrächte?! Es beunruhigte sie auch, dass sie nicht nur die ständigen Rückenschmerzen hatte und die Zuckerkrankheit, sondern sich auch manchmal in wirren Gedanken verlor.

Thea begann mit sich selbst Gespräche zu führen, vertiefte sich immer wieder in dem vielen Geschreibsel, das sie in fast allen Schubladen hinterlassen hatte. Und dann waren da die Fotos aus früherer, glücklicherer Zeit, die Briefe und Karten von Kollegen und Kolleginnen und von ihm, der sie angeblich liebte, der aber letztlich nicht zu ihr passte. Er nicht zu ihr und sie nicht zu ihm. Sie waren zu unterschiedlich.

Für sich gab Thea aber zu, es habe ihr damals unendlich viel Schmerzen bereitet, Herzweh, als diese relativ kurze Bindung zuende war. Na ja, Liebesglück, sexuelle Befriedigung habe sie noch erfahren. Das war nun längst vorbei, sie führte ein neues, anderes Leben – überwiegend im Chaos.

Und Hanne? Die war jetzt ganz von der Rolle. Als Thea ihr im Krankenhaus dann doch einen Besuch machte, konnte sie sich nur im Bett aufrichten, sich auch in einen Sessel heben lassen, aber nicht stehen.

Ihrer beider Gespräch war ein wirres Durcheinander. Erinnerung an ihre Brüder, an die Kinderzeit, die Probleme daheim all die Jahre und jetzt dies hier. Hanne im Krankenhaus und Thea daheim in einer bedrückenden Situation. Es schien, als könnten sie sich nicht einmal mehr richtig verständigen. Sie machten sich gegenseitig Vorwürfe, beklagten Gott und die Welt.

Mit Magen- und Kopfschmerzen machte Thea sich auf den Heimweg.

Zu Hause irrte sie von Zimmer zu Zimmer, wusste nicht recht, was sie anfangen sollte. Hatte sie Hunger? Musste sie trinken? Sie versuchte beides, mit mehr oder weniger Erfolg. Die Kopfschmerzen blieben. Sie wollte noch etwas nachlesen, was Hannes Arzt aufgeschrieben hatte. Zwecklos, die Buchstaben zerrannen vor ihren Augen. Ausweg war jetzt nur noch das Bett. Die ganze Nacht war sie voller Unruhe gewesen und am Morgen brachte sie nicht einmal Kaffee und Frühstück zustande. „Ich erinnere mich, dass ich schwankend auf das Straßenfenster zuging. Davor stand noch eine Couch, auf die ich mich legen wollte. Aber aus …"

Es muss am späten Nachmittag gewesen sein, als Thea heftiges Pochen an der Tür hörte. Sie konnte aber weder etwas sagen noch sich erheben. Sie lag am Boden. Jemand machte sich wohl auch an der hinteren Tür zu schaffen. Wollten die sie erneut in Aufregung versetzen, sie zu Tode ärgern? Das könnte jetzt in der Tat passieren. Thea war darauf gefasst, dachte nur an die arme Hanne, wenn die allein sein würde.

„Und ich lag da, müde, mit Herzschmerzen und wie im Schlaf, aber immer wieder wach werdend. Draußen vor dem Haus wurden die Stimmen immer lauter, auch waren Motorgeräusche von Fahrzeugen zu hören. Dann – als wollte das Herz mir stehen bleiben, sah ich plötzlich jemanden im Zimmer – und noch mehrere, die laut sprachen, mich anredeten, aber ich konnte nichts herausbringen vor Angst?", erinnerte sie sich später. Die Nachbarn hatten geholfen und den Notarzt bestellt.

Sie hatte noch halbwegs bewusst erlebt, dass man sich um sie mühte, ihr eine Spritze gab und sie aus dem Haus trug. Thea landete in einem Krankenwagen, hörte etwas von Herzinfarkt und wusste dann nichts mehr.

Erst im Krankenhaus kam sie zu vollem Bewusstsein, über ihr die Infusionsflasche.

Sie erschrak. Über ihr einige Gesichter, fragende, erstaunte Blicke. „Sie ist wieder da", sagte jemand. Man richtete ihr Bett, ihr Kopfkissen. Selbst konnte sie nicht sprechen, hatte keine Ahnung, was die wollten.

„Wir dachten schon, Sie wollten sich verabschieden", sagte ein Mann im weißen Kittel. Irgendwie kam der ihr bekannt vor. „Aber Sie wollen noch nicht sterben", fügte er freundlich hinzu.

Warum sterben, dachte Thea. Dabei hatte sie ein so schönes Erlebnis. ‚Das gönnen die mir wohl nicht. Ach ja, die Schwestern und der Arzt hatten mich für tot erklärt. Ich habe gesehen, wie sie sich um mich mühten, ich habe das von oben beobachtet. Wohin hatten die mich wohl gelegt, dass ich sie von oben herab beobachten konnte? Und was die für Wiederbelebungsversuche an mir anstellten. Hatten die etwa ein schlechtes Gewissen? War mit mir etwas passiert? Aber seltsam, ich sah da unten meinen Körper und spürte doch auch noch meinen Körper an mir.

Was sollte das alles? Mir war das gar nicht recht, wie sie mit mir umgingen da unten. Also bin ich schnell weg durch den düsteren Gang, da war kein Licht, aber weiter weg, da leuchtete es auf. Da musste ich hin.

Seltsame Geräusche, machten die das? Egal, ich war ich selbst auf meinem Weg. Und ich gefiel mir, besaß immer noch meinen eigenen Körper, aber anders schon als den, der da unten lag. Ich fühlte mich frei und hätte alles machen können, was ich mir wünschte. Ich dachte an Mutter und da war sie, ebenso frei und ungezwungen, so offen und klar. Ich erkannte sie in ihrem tatsächlichen Wesen. Dann sah ich meine beiden Brüder, den Helmi und den Alois. Da war auch noch mein Vater, er erschien mir, als wäre ich immer mit ihm zusammen gewesen, obwohl er doch schon gestorben war, als ich gerade drei Jahre alt war. Ich streckte die Hand nach ihnen aus, konnte sie aber nicht erreichen, irgendeine Schranke trennte mich noch von ihnen. Es kamen andere Bekannte hinzu, ein Wiedersehen wie selbstverständlich, ohne Arg und Fragen. Ja, das waren sie, ich erkannte sie vollends.

Immer näher kam ein strahlendes Licht, eine wohltuende Erscheinung. Sie faszinierte mich immer mehr, während mich andererseits schon verstorbene Verwandte und Freunde begrüßten und mir offensichtlich helfen wollten.

Jene Lichtgestalt aber ließ mich selbst erkennen, wie ich war und was alles ich erlebt hatte, die vielen Eindrücke zu einer wunderbaren Einheit jetzt verwoben. Dann war da der Fingerzeig, zurück, eine Grenze, die ich nicht überschreiten konnte, die aber für die Bekannten und Freunde kein Hindernis waren. Ich wäre gern geblieben, aber ich bewegte mich unaufhaltsam zurück. Wieso eigentlich? Diese wunderbaren Gefühle, mein unbeschwerter, so leichter Körper, das wollte ich behalten. Und dieses so friedvolle, erlösende Wiedersehen mit den vielen Menschen, denen ich nahe stand.

Und jetzt? Wie geht es weiter? Da sind noch die Gesichter, Leute in hellen Kleidern, besorgt um mich. Ich spüre mich auf meinem Bett, Schmerzen kehren zurück. Ach ja, ich bin wieder in meinem Zimmer im Krankenhaus. Ich sehe den Arzt und die Krankenschwester.'

„Sie waren eine Zeitlang wie gestorben", sprach die Krankenschwester Thea an. „Jetzt geht es Ihnen aber wieder einigermaßen. Haben Sie Schmerzen?"

„Wir müssen noch einige Stunden abwarten", sagte der Arzt.

„Ich habe Schönes ...", versuchte Thea mitzuteilen. Die Stimme aber versagte ihr, das Sprechen fiel ihr zu schwer und die Gedanken waren nicht mehr so klar.

Tage später wurde Thea bewusst, dass sie eine tiefe Ohnmacht gehabt hatte, dass ihr Herz zeitweise nicht mehr schlug. Sie konnte jetzt aber auch so einiges vom Erlebten erzählen, aber die Schwester lächelte sie nur dabei an: „Thea, Sie hatten einen schönen Traum!"

Thea später: „Ich selbst aber war nun vollends überzeugt, dass ich einen Schritt ins Jenseits getan hatte. Das war eine Wirklichkeit, die ich zeitweise verleugnet hatte. Jetzt konnte ich mich wieder besser in meinen Glauben einfinden, dass wir nämlich über den Tod hinaus auf eine besondere Art weiterleben. In diesem Augenblick habe ich ehrlich gewünscht: Mutter komm mich holen.

Ich weiß nicht mehr, wie lange ich im Krankenhaus bleiben musste."

Hanne war in dem anderen Krankenhaus operiert worden, und wie sie Thea am Telefon sagte, hatte der Arzt gesagt, sie könne sich nicht allein zu Hause versorgen, zumal sie, Thea, ebenfalls gesundheitlich stark angeschlagen sei. Es gebe keinen anderen Ausweg, als sie beide in ein Altenheim zu überweisen, es sei denn, Verwandte würden die totale Pflege übernehmen.

Das aber war nicht gegeben und sie wollten das auch auf keinen Fall.

In der Tat, Hanne und Thea sahen sich in einem Zimmer im Altenheim wieder. Was sie aber hier aufbrachte, das war die schon getroffene Entscheidung, dass sie unter Betreuung gestellt würden. Sie würden also für unmündig erklärt, sagten sie sich. Ihre Empörung war groß. Wer hatte solches veranlasst?

Beide waren überzeugt, jetzt nehmen die uns alle Rechte, aber dagegen werden wir uns mit allen Kräften wehren. Das lassen wir nicht mit uns machen! Wir werden uns Hilfe holen müssen. „Wir brauchen jemand, dem wir voll vertrauen", sagte Hanne.

„Sollten so die späten Jahre aussehen? Es ist eine Katastrophe und ein Ruin zugleich, unsere Entmündigung. Waren wir von Anfang an verdammt zu einem Leben in Angst und Verzweiflung?!"

Die Welt um die Lebichs versank endgültig in Unverständnis und Misstrauen. Sie wollten und würden alles tun, um aus dieser amtlichen Umklammerung herauszukommen. Das war des Unrechts zu viel! Lag ein Fluch über der Familie, der Sippe, von der man ausgesprochen oder unausgesprochen manchmal sagte: Die haben alle eine auffällige Eigenart?

Mehr als zuvor suchten die neuen Heimbewohner bei sich selbst nach Gründen. Wer hatte Schuld? Was ließ sie in eine so grausame Opferrolle sinken? Begann das etwa damals schon?
Die dann zugängigen Akten gaben einigen Aufschluss: Die Betreuung sei Anfang August 2004 auf Anregung von Verwandten „für Hanne und Thea Lebich" veranlasst worden. Es wurde darauf hingewiesen, dass sich Hanne B. wegen einer Kniegelenksoperation im Krankenhaus befinde, Thea B. sei am 3.8.2004 im

Haus zusammengebrochen. Dies sei erst Stunden später bemerkt worden, geholfen werden konnte ihr erst, nachdem eine Tür aufgebrochen wurde.

Thea B. befinde sich ebenfalls im Krankenhaus. Als Angehörige auf Wunsch von Hanne B. Wäsche und Kleidung aus dem Haus holen sollten, seien große Summen Bargeld gefunden worden. Das Geld sei zur Sicherheit in einem Schließfach deponiert worden. Entsprechend der Einschätzung der Verwandten seien Hanne und Thea L. nicht in der Lage, alleine in ihrem Haus zu leben, „die Gegebenheiten im Haus dürften auch nicht ausreichend für eine häusliche Pflege sein".

Mit Hanne besprach Thea die ganze Geschichte. Und wer auch immer ihr Zimmer betrat, dem wollten sie mit Nachdruck erklären, sie würden nach wie vor über ihr Leben bestimmen. Alles sei mit ihnen abzuklären, auch wenn von einer Betreuungsperson anderes gesagt werde. Sie würden das bei Gericht durchsetzen.

Dieser ihr Protest half aber nicht. Zugegeben, sie konnten sich auch nicht mehr so wehren, hatten außerdem nicht alles verstanden. Sie dachten: Einzelheiten interessieren uns nicht, nur soll niemand glauben, wir seien geistig nicht mehr auf der Höhe.

Was dann mit ihnen weiter geschah, gaben die Akten wieder, man hatte sie ihnen teilweise vorgelesen, aber die beiden Schwestern wollten davon nichts akzeptieren, weil alles nicht stimme.

Am 10.8.2004 hatte die Chefärztin des Reha-Zentrums für Hanne ein ärztliches Attest ausgestellt, in dem die Diagnosen *Gonarthrose links, TEP-Implantation 26.07.04, depressives Syndrom mit intermittierender Psychose, Diazepam-Abusus und Demenz* angegeben wurden. Frau Hanne B. sei nicht geschäftsfähig und bedürfe einer umfassenden Betreuung einschließlich unterbringungsähnlicher Maßnahmen. Zu Zeit und Ort sei sie nur zeitweilig orientiert.

In einem ärztlichen Attest aus der Reha-Klinik hieß es: „Frau Lebich zeigt sich im Gespräch sehr offen, kennt ihr Geburtsdatum, aber ist zeitweilig dement und psychotisch. Sie sieht schwarze Männer und fühlt sich bestohlen."

Mit Datum 12.8.2004 wurde durch den Sozialdienst des Krankenhauses für Thea Lebich die Einrichtung einer umfassenden Betreuung angeregt. Eine ärztliche Bescheinigung des behandelnden Stationsarztes nannte als Diagnose *hirnorganisches Psychosyndrom, akuter Myokardinfarkt, Schilddrüsenüberfunktion und Sturz mit Brustwirbel-Anbruch.* Es bestehe fehlende Krankheitseinsicht, Verwahrlosungstendenz. Selbstgefährdung bestehe durch Hilfeverweigerung trotz Pflegebedürftigkeit.

Konsiliarbericht einer psychiatrischen Untersuchung: „Die psychiatrische Untersuchung erfolgte am gleichen Tag. Zu diesem Zeitpunkt war Thea Lebich zur Situation orientiert, zu Ort und Person unscharf und zur Zeit nicht orientiert. Die Stimmung war subaggressiv, wenig einsichtig. Es zeigten sich deutliche

Zeitgitterstörungen und kognitive Störungen und keine Einsicht in die Erkrankung und die Behandlungsnotwendigkeit. Es wurde die Diagnose hirnorganisches Psychosyndrom mit anamnestisch fluktuierender Desorientiertheit gestellt."

In einem psychiatrischen Fachgutachten vom 8. September 2004 stellte der Facharzt für Psychiatrie und Psychotherapeutischer Medizin bei Thea Lebich die Diagnose eines leichten organischen Psychosyndroms bei schizoider Persönlichkeit und „Altersstarrsinn". Hinweise für eine Demenz ergaben sich im Rahmen der Untersuchung nicht. Aufgrund ihrer Erkrankung sei Frau Lebich „zu einem handlungs- und willensorientierten Denken oder Handeln nicht mehr in allen wesentlichen Bereichen durchgehend fähig". Die Konzentration sei herabgesetzt, der Gedankengang mitunter eingeengt, weiter hieß es:

„Es findet sich zusammenfassend eine leichte Restriktion der mentalen Leistungen, daher ist es Frau Lebich nicht mehr in allen Bereichen möglich, Willensabläufe durchgehend rational und vernünftig zu steuern. Das Urteilsvermögen und die Kritikfähigkeit sind dann so weit beeinträchtigt, dass eine rationale Ordnung des Handelns nicht mehr durchgehend möglich ist. Die Möglichkeiten eines kritischen Abwägens des Für und Wider sind Frau Lebich diesbezüglich eingeschränkt. Dies betrifft vornehmlich eine Überschätzung der eigenen Gesundheit und Möglichkeiten der Selbstversorgung." Weiter hieß es, durch ihre mentalen Einschränkungen sei Frau Thea Lebich zwar nicht in der Lage, alle Angelegenheiten gut selbst zu regeln, „eine Delegation über Vollmachten wäre aber prinzipiell möglich". Frau Thea Lebich habe aber keine Vollmachten erteilt, eine Betreuung werde daher für die Bereiche Gesundheitsversorgung und Wohnungsangelegenheiten empfohlen, um eine „Gefahr für Leben und Gesundheit der Betroffenen abzuwenden und eine optimale Versorgung zu gewährleisten".

Welch ein Jammer! Die eigenen Verwandten hatten sie in die Unmündigkeit geliefert, so ihre Schlussfolgerung. Das aber gehe zu weit. Keinen Kontakt mehr, keinerlei Verbindung wollten sie mehr. Einer der Verwandten hatten sie das auf den Kopf zu erklärt, dass sie sie nicht mehr sehen wollten. Sie würden sie nicht mehr kennen.

Am 12.8.2004 wurde für Thea dann tatsächlich durch das Vormundschaftsgericht eine Betreuung eingerichtet mit den Wirkungskreisen „Gesundheitsfürsorge, Bestimmung des Aufenthalts, Vermögensangelegenheiten und Vertretung gegenüber Ämtern und Behörden".

Zum körperlichen Befund stand in den Akten:

„Guter Ernährungszustand, eingeschränkter Allgemeinzustand. Im Rahmen der Begutachtung ist sie in der Lage, in ihrem Zimmer wenige Schritte zu gehen, wenn sie sich auf dem Tisch abstützt. Entsprechend glaubhafter Angaben ist sie in der Lage, kurze Stre-

cken mit einem Stock zu gehen, weitere Strecken wür-
de sie mit einem Rollstuhl zurücklegen.
Diagnosen: Leichtes hirnorganisches Psychosyndrom;
Langjährige Tranquilizerabhängigkeit."

Ein anderes Papier:
„Hanne Lebich wurde am 1.11.1919 als eines von
vier Geschwistern geboren, sie verbrachte ihr ganzes
Leben auf dem elterlichen Bauernhof. Der Vater ver-
starb früh, nach der Schulzeit blieb Frau Hanne Lebich im elterlichen landwirtschaftlichen Betrieb, diesen gab sie erst Mitte der 70er Jahre nach dem Tode
der Mutter auf. Hanne Lebich heiratete nie und hat
keine Kinder.
Seit der Geburt lebt sie zusammen mit der ebenfalls
ledigen Schwester Thea. Entsprechend der Aktenlage
des Vormundschaftsgerichtes galten die Schwestern
Hanne und Thea Lebich in der Nachbarschaft als
verschroben, sie seien nie einem Streit aus dem Weg
gegangen.
Entsprechend der Einschätzung des Hausarztes, der
die Schwestern seit Anfang der 90er Jahre behandelt,
zeigten sich durchgängig keine Verwirrtheitszustände,
die beiden Schwestern seien in der Lage gewesen, sich
zu Hause ausreichend selbst zu versorgen. Am 21.7.
2004 erfolgte die stationäre Aufnahme von Hanne
Lebich im Krankenhaus zur Implantation einer Knie-
gelenksprothese links. Die Schwester Thea brach am
3.8.2004 im Haus zusammen, dies wurde erst Stunden

später bemerkt, Verwandte mussten die Tür aufbrechen und veranlassten die Krankenhauseinweisung.

Nachdem die Verwandten im Haus der Schwestern Lebich hohe Geldbeträge fanden, regten diese bei dem Vormundschaftsgericht eine Betreuung an. In ärztlichen Bescheinigungen aus dem Reha-Zentrum wurden bei Hanne Lebich die Diagnosen depressives Syndrom mit intermittierender Psychose, Demenz und Diazepam-Abusus gestellt, weiter wurde angegeben, dass sie nur zeitweilig zeitlich und örtlich orientiert sei und dass eine psychotische Symptomatik auftrat in der Form, dass sie schwarze Männer gesehen und sich bestohlen gefühlt habe.

Auf Grund dieser ärztlichen Bescheinigung wurde durch das Vormundschaftsgericht für Hanne Lebich eine umfassende Betreuung eingerichtet. Zeitgleich "auch für die Schwester Thea".

Die damalige Betreuerin kam zu der Einschätzung, dass die Geschwister in ihrem Haus nicht mehr ausreichend versorgt werden könnten, und veranlasste daher die Aufnahme in das örtliche Altenheim. Beide Schwestern erlebten die Betreuung nicht als Unterstützung, sondern als Bevormundung und Enteignung mit der Konsequenz, dass sie mit Vehemenz gegen die Betreuung ankämpften, eine konstruktive Zusammenarbeit zwischen den Geschwistern Lebich und der Betreuerin war entsprechend Aktenlage nicht möglich.

So wurde eine Rechtsanwältin aus dem Kölner Raum

als Berufsbetreuerin durch das Vormundschaftsgericht im Rahmen einer einstweiligen Anordnung bestellt.

In einem psychiatrischen Fachgutachten vom 8. September 2004 über eine Untersuchung von Hanne Lebich im Altenheim stellt der Facharzt für Psychotherapie und psychotherapeutische Medizin bei Hanne Lebich die Diagnose "beginnende gemischte vaskuläre und degenerative Demenz". Der Facharzt gibt an, im Rahmen der Untersuchung sei ein geordnetes Gespräch nicht möglich gewesen, "aus eigener Motivation kann sie einen regelrechten Dialog nicht gut herstellen und aufrechterhalten. Auf gestellte Fragen antwortet sie zusammengefasst. Selbst unter Intervention der Schwester kann sie sich einem regelrechten Kontakt nicht zuwenden."

In Folge der Demenz sei Hanne Lebich zu einem handlungs- und willensorientierten Denken und Handeln nicht mehr fähig. Sie sei nicht in der Lage, Entscheidungen hinreichend rationell, auf Grund eigener Abwägungen des Für und Wider und nach sachlicher Prüfung der in Betracht kommenden Gesichtspunkte zu treffen. Eine Betreuung sei daher im Grunde für alle Aufgabenkreise erforderlich.

Thea: „Die eingesetzte amtliche Betreuerin wurde für uns zum größten Problem. Wir lehnten sie in jeder Hinsicht ab. Wir mochten sie nicht als Mensch und wollten auf keinen Fall von ihr vertreten werden."

Die aber berichtete am 14.9.2004 dem Vormundschaftsgericht und führte für Hanne die gleichen Fakten ins Feld wie für Thea Lebich.

Beide Schwestern hätten in mehrfachen Telefonaten geäußert, dass ihnen Geld gestohlen wurde, dass niemand befugt sei, in ihr Haus zu gehen, dass sie keine Hilfe benötigen, dass sie alles selber regeln könnten.

Sie schilderte, dass sie im Grunde täglich entweder in der Kanzlei oder unter ihrer Privatadresse von den Geschwistern Lebich angerufen und beschimpft werde, nachdem diesen der Beschluss über die Anordnung der vorläufigen Betreuung zugestellt worden war. Wörtlich hieß es: „Die beiden sind auf diese Gedankengänge derart wahnhaft fixiert, dass auch eine sinnvolle Verständigung hierüber in keiner Weise möglich ist."

Sämtliche Menschen, die die Geschwister Lebich kennen, hätten übereinstimmend berichtet, dass diese seit vielen Jahren mit nahezu allen Menschen Streit hatten und über keinerlei soziale Kontakte mehr verfügten.

„So eine Frechheit!" Thea und Hanne waren sich einig, dass sie diese Betreuerin nicht wollten.

Was die auch alles vorbrachte: Sie habe die Schwestern Lebich in einem Zweibettzimmer im Altenheim untergebracht, damit die pflegerische Versorgung sichergestellt sei.

In der Anlage 8 befänden sich Angaben von einer Senioren- und Pflegeberaterin, die gegenüber der Betreuerin berichtet habe, dass sie die Geschwister

Lebich schon lange kennen würde. Beide wären von jeher als „verschrobene Frauen" bekannt. Weiter: Vor einiger Zeit sei ein Hausbesuch des Amtsarztes durchgeführt worden, nachdem die Geschwister Lebich im Rahmen eines Streites mit einem Gewehr auf Jugendliche geschossen hätten. Bei dem Besuch habe sich gezeigt, dass die Geschwister unter Verfolgungsideen gelitten hätten. Sie hätten immer wieder betont, dass die Jugendlichen sie bedrohen und beklauen wollten.

Im Altenheim:
„Thea, wir müssen uns andere Hilfe holen, koste es, was es wolle. Du musst dich mit unserem Bürgermeister in Verbindung setzen, also anrufen."
Der Bitte der Hanne entsprach Thea erst anderentags. Am Telefon nannte sie ihr Anliegen und wurde mit dem Sozialamt verbunden. Der Bürgermeister sei derzeit nicht erreichbar.
Am Telefon eine Dame. Thea sagte ihr:
„Wir, die Geschwister Lebich, sind hier im Altenheim und brauchen Hilfe, richtige Hilfe, nicht von einer Betreuerin, die wir nicht kennen und auch nicht kennen wollen. Können Sie uns helfen, ja oder nein?"
Die Dame sprach von einem Besuch im Altenheim, könne aber noch nicht sagen, wann. Die beiden sollten sich der Betreuerin anvertrauen.
„Hanne, die verstehen uns nicht, die wollen uns nicht verstehen."
Hanne ließ nicht locker: „Dann müssen wir uns ande-

re Hilfe ausdenken. Was die Behörden aber wirklich von uns denken, muss wohl in einem Gutachten stehen, das wir aber nicht lesen wollen. Wir wissen, die halten uns für ‚bekloppt'. So also nennen die das, was uns über viele Jahre angetan wurde!"

Gutachten: „Es wird deutlich, dass die Geschwister offensichtlich bereits seit vielen Jahren an einer chronifizierten paranoiden Schizophrenie leiden, die nach meiner Ansicht inzwischen doch im Residuum befindlich ist, sodass wohl eine nachhaltige Besserung des gesundheitlichen Zustandes, verbunden mit einer Einsicht in die Gegebenheiten, nicht mehr erreicht werden kann. Sämtliche Menschen, die die Geschwister Lebich kennen, haben übereinstimmend berichtet, dass diese seit vielen Jahren mit nahezu allen Menschen Streit haben und über keinerlei soziale Kontakte mehr verfügten."

Die betreuende Anwältin kam in das Zimmer der Lebichs, fragte, ob sie sich in dem Zweibettzimmer wohlfühlen. Sie würden doch jetzt gut versorgt, das habe sie sichergestellt. Sie berichtete ganz nebenbei, dass sie auch in Lebichs Haus gewesen sei.
Thea schrieb nieder:
„Das hat uns richtig ärgerlich gemacht. Die hat da Dinge geschildert, die klarmachen sollten, dass wir nicht mehr fähig wären, allein in unserem Haus zu wohnen. Sie hat nicht berücksichtigt, dass wir Hals

über Kopf aus dem Haus in die Krankenhäuser gebracht wurden, also nicht mehr aufräumen konnten.
Zugegeben wusste sie, dass unsere Einrichtung einfach und etwas veraltet ist, aber keineswegs verwahrlost.
"Hanne, rege dich nicht auf, wenn die da berichten, in der Badewanne und in den Schränken lägen gewaschene Wäschestücke. Was soll daran schlimm sein?"
"Da sagst du etwas, genauso ist es Unsinn, dass die davon sprechen, sie hätten von dir Korrespondenzen gefunden, die sich auf vergangene Jahre bezögen und teils mit Fäden zusammengehalten wären. Gelogen ist zudem, dass sich kein Ordner gefunden hat, in dem die Papiere sortiert waren!"
"Eine Frechheit, ich habe mindestens fünf oder sechs große Ordner im Schrank im Gästezimmer im Obergeschoss einsortiert."
"Jetzt wollen sie uns auch noch anlasten, dass wir keine Heizung hätten, lediglich Radiatoren. Dass wir die Kohleöfen in den unteren Räumen haben, ist denen wohl nicht aufgefallen." "

Eine Niederschrift der Anwältin sprach noch einmal davon, dass die Senioren- und Pflegeberaterin berichtet habe, sie kenne die Geschwister Lebich schon lange. Ein Hausbesuch des Amtsarztes sei veranlasst worden, nachdem die Geschwister angeblich im Rahmen eines Streites auf Jugendliche geschossen hätten.
Bei dem Besuch habe sich gezeigt, dass die Geschwister unter Verfolgungswahn gelitten hätten. Sie hätten

immer wieder betont, dass die Jugendlichen sie bedrohten und beklauen wollten.

„Der Zustand im Haus war allerdings nicht so schlimm, dass eine Eigengefährdung zu befürchten war."

Gegenwärtige Fremdgefährdungsaspekte habe der Amtsarzt auch nicht finden können, sodass eine Unterbringung nach Psych-KG zum damaligen Zeitpunkt ausschied.

„Thea, wir müssen jetzt mit aller Gewalt versuchen, dass wir wieder aus der Betreuung rauskommen und deshalb brauchen wir eine andere Hilfe. Ich habe an Walter Bronn gedacht, der mein Vertrauen hat."

„Bist du sicher, dass der nicht auch schon von unseren Nachbarn mit Lügen über uns beeinflusst wurde?"

„Nein, Thea, das glaube ich nicht, ich weiß, dass der gerecht denkend ist und uns gegenüber immer freundlich gesinnt war. Ich rufe ihn an und bitte um seine Hilfe."

Das Telefongespräch führte zur spontanen Zusage des Herrn Bronn. Er kam, ließ sich ihre Sorgen schildern und auch dazu veranlassen, gegen die amtliche Betreuung vorzugehen. Zunächst aber wurde Herr Bronn auf dringenden Wunsch der Lebichs und wegen deren Ablehnung der Betreuerin jetzt als ehrenamtlicher Betreuer eingesetzt. Es dauerte dann mit allen Überlegungen, Rechtsauskünften usw. bis in den Februar 2005, dass die Aufhebung jeglicher Betreuung in Angriff genommen wurde. Hanne und Thea hatten Walter Bronn regelrecht bedrängt, diesem ihrem Wunsch nachzukommen.

Der schaltete dann einen erfahrenen Fach-Anwalt ein, der sich aktenkundig machte, sich mit den Lebichs besprach und zusicherte, dass er die Aufhebung der Betreuung beantragen werde. Er setze voraus, dass sich Herr Bronn in jedem Falle weiter um sie kümmere. Er kündigte an, dass neue psychiatrische Gutachten erforderlich seien. Sie müssten also damit einverstanden sein. Beide sagten zu und waren zunächst einmal beruhigt.

„Thea, wenn wir etwas erreichen wollen, müssen wir da durch", mahnte Hanne, die Theas Zweifel nicht teilen wollte.

Eine Woche später erschien eine Psychiaterin. Hanne und Thea waren froh, dass zu dem Zeitpunkt auch Walter Bronn da war. Er sollte dann auch bei dem Gespräch zugegen sein.

Die Ärztin erklärte, sie wolle gerne wissen, ob und in welchen Angelegenheiten wegen einer Krankheit oder Behinderung Hilfen durch die Bestellung eines Betreuers notwendig seien. Herr Bronn erzählte der Ärztin, dass er beide gut kenne und verstehe, dass sie nicht als entmündigt gelten wollten. Dazu bestehe aus seiner Sicht auch kein Anlass. Er werde ihnen auch künftig zur Seite stehen. Keine Sorge also, wenn so verfahren werde.

Zunächst musste Hanne ihr Geburtsdatum angeben (1.11.1919) und einige andere Angaben zur Person machen. Hanne begann aber sofort mit ihrem Anliegen, und zwar sehr deutlich, wie es auch in Theas Sinne war:

„Wir haben genug Betreuung und sind froh, dass eine Betreuerin weggenommen wurde. Der Herr Bronn macht das Notwendige jetzt so nebenbei für mich. Er kauft ein, holt Sachen von zu Hause, holt Geld. Bei der Bank ist mein Geld gesperrt gewesen, das ist schon lange her, ein paar Jahre, voriges Jahr."

Ärztin: „Wo ist denn jetzt Ihr Aufenthalt?"

Hanne erstaunt: „Jetzt befinde ich mich hier im Altenheim seit September, also seit über sechs Monaten."

Ärztin: „Wie sieht es denn mit den Hilfen aus, die Sie hier haben?"

Hanne: „Es stimmt, man hilft mir beim Anziehen, aber das meiste mache ich selber. Hilfe erhalte ich auch bei ‚dies und das' und beim Essenbringen und -wegholen. Auch beim Duschen benötige ich Hilfe. Frisieren und Zähneputzen mache ich selber. Die versuchen hier immer mich zu frisieren, aber das mache ich lieber selber. Ich kann auch zu Hause leben, es gibt ja auch noch das Rote Kreuz, das kann nach Hause kommen."

Ärztin: „Kommen Sie mit Ihrem Geld aus?"

Hanne: „Da ist noch ein Vorrat. Das Geld hat die Thea reingeholt, vierzig Jahre hat die in Köln gearbeitet, ich weiß im Moment nicht, wie viel Geld vorhanden ist."

Ärztin: „Wissen Sie denn, wie viele Ausgaben Sie haben?"

„Ich glaube, dass im Altenheim 3000 DM pro Kopf bezahlt werden müssen. Das wird mir abgezogen vom Gehalt, man hat mich bestohlen."

Dann wieder unvermittelt Hanne in einem Redeschwall: „Ich könnte zu Hause sein, stellen Sie sich vor, ich kam nach zwei Wochen aus der Rehaklinik, stehe vor meinem eigenen Haus und komme nicht rein. Ich war im Krankenhaus, da habe ich mir das Knie machen lassen, da ist was aus Kunststoff reingekommen. Schon ein paar Jahre hatte ich Probleme mit dem Knie gehabt.

Dann ist meine Schwester zu Hause gefallen. Verwandte haben Thea ins Krankenhaus gebracht und danach das ganze Haus durchwühlt. Die haben auch das Geld weggenommen, das war ein schöner Batzen, da haben die selbst was genommen und den Rest dann auf die Kasse in Siegburg gebracht, das hätten sie ja auch hierher auf die Kasse tun können.

Herr Bronn hat mich kürzlich noch einmal ins Haus gebracht. Da war die Wohnung ganz durchwühlt. Herr Bronn war auch entsetzt, der war noch nicht in der Wohnung gewesen. Fragen Sie ihn. Ich war fertig und konnte nicht mehr."

Ärztin: „War das wirklich so schlimm?"

Hanne: „Sie können mir glauben, alles war in Unordnung, durcheinandergeworfen, dabei hatten wir alles aufgeräumt gehabt. Herr Bronn hat inzwischen die

Wohnung wieder hergerichtet. Das ist einmalig. Ich bin ihm dankbar."

Auf die Frage nach einer Betreuung angesprochen, erklärt Hanne:

„Ich will, wir wollen keine amtliche Betreuung, nur die Unterstützung durch Herrn Bronn. Der soll machen, was zu regeln ist, und bestimmen, wie unser Haus zu unterhalten ist. Seine Frau würde sicher auch da putzen. Das Ehepaar Bronn ist einmalig. Die kann man ins Haus lassen, die werden nichts stehlen."

Zu ihrem Befinden sagte sie:

„Gesundheitlich geht es im Moment relativ gut, ich habe aber noch die Grippe. Das linke Knie ist operiert worden, das ist aufgemacht worden und da ist etwas aus Kunststoff eingesetzt worden. Mit dem linken Knie habe ich viele Jahre schon Probleme gehabt. Jetzt kann ich schon wieder selber laufen, meistens gehe ich mit einem Stock, bei längeren Strecken benutze ich einen Rollstuhl. Aber jetzt fängt das rechte Knie mit Problemen an. Andere Krankheiten habe ich nicht gehabt."

Bezüglich Medikamenten:

„Also, die kriege ich. Die verteilen das, das ist ja auch nicht richtig. Wenn man die alle auf einmal nimmt, ist das nicht schlimm, kann man ja machen, ist ja meine eigene Sache, das tue ich aber nicht."

Und sonst?

„Es stimmt, dass ich schon mal gesagt habe, dass ich mich umbringen wolle, aber das tue ich nicht, ich habe auch noch nie einen Selbstmordversuch unternommen."

„Welche Medikamente müssen Sie nehmen?"

„Das kann ich nicht genau benennen, aber es sind ein bis zwei Diazepam dabei. Haben Sie keine Rezepte? Diazepam bekomme ich schon etliche Jahre, ich bin immer so aufgeregt gewesen, dass ich was zum Beruhigen brauchte."

Hanne berichtete noch, dass ihr Hausarzt den Beruf aufgeben müsse, das mache der aber nicht gerne. Sie habe noch einen Zahnarzt.

Währenddessen wurde die Ärztin zu einem kurzen Gespräch rausgerufen, im Flur stand eine Kollegin, die die Geschwister Lebich auch kannte.

Thea wusste sofort, wer das war, und auch Hanne erkannte die Dame:

„Die ist schon mehrfach bei uns gewesen. Wir hatten sie nicht bestellt, die kam nur zum Spionieren. Sie war aber freundlich und nett. Wir haben uns mit ihr gut unterhalten und dann ist sie wieder gegangen."

Hanne: „Im Moment bin ich ein trauriger Mensch, da wir das alles mitgemacht haben."

Ärztin: „Haben Sie noch ein gutes Gedächtnis an früher und so?"

Hanne: „In letzter Zeit habe ich nicht so viel nachgedacht, ich habe keine Lust gehabt."

Die Ärztin stellte dann noch Fragen zur Orientierung und zur geistigen Leistungsfähigkeit.

Hanne gab Alter und Geburtsdatum korrekt an. Als aktuelles Datum nannte sie zunächst den 11.2.2004 und korrigierte dann sofort auf 2005. Als Wohnort nannte sie noch einmal das Altenheim mit korrekter Ortsbezeichnung.

„Ihren Namen, Frau Doktor, habe ich wieder vergessen. Kein Wunder, Sie kommen ja auch nur, um mich auszufragen. Und das kann ich nicht vertragen, weil ich so viel mitgemacht habe. Mit Ihrer Fragerei wollen Sie ja nur Geld verdienen. Und jetzt soll ich auch noch sagen, dass Schröder der Bundeskanzler ist, der Erste Weltkrieg von 1914 bis 1918 dauerte, der Zweite Weltkrieg von 1939 bis 1942.

Was das Sprichwort *Morgenstund hat Gold im Mund* bedeutet? Das kann ich Ihnen sagen: Was man morgens arbeitet, das ist besser, abends kann man nicht mehr. Das Sprichwort *Lügen haben kurze Beine* bedeutet, man soll nicht lügen, es hält nicht lange."

Darum gebeten, von der Zahl hundert immer sieben zu subtrahieren, gab sie an 10 x 7 sei 70, dann würden noch 30 übrig bleiben. Auf die erneute Bitte, von der Zahl hundert sieben abzuziehen, konnte sie korrekt 93 angeben. Nachdem die Ärztin die Aufgabe ein weiteres Mal erläutert und sie gebeten hatte, jetzt von der 93 sieben abzuziehen, meldete sich Thea.

„Hanne, du kannst doch gut rechnen, lass dich nicht irritieren, du sollst nur 93 minus 7 rechnen", ermunterte sie sie.

Hanne war aber offensichtlich nicht mehr ganz bei

der Sache. Sie sagte: „Das sind 83."

Thea korrigierte: „Das ist weniger 10, du kannst doch rechnen. 93 minus 7."

Aber Hanne wirkte in dieser Situation unter Druck und in die Enge getrieben, sie nannte die Zahlen 76 und 96, und die ‚Aufgabe' wurde dann abgebrochen.

Die Ärztin wünschte Angaben zur Biografie und protokollierte:

„Hanne gibt an, der ältere Bruder habe vier Semester Theologie studiert. Im Krieg sei er dann in der Funkstelle eingesetzt gewesen, in der höchsten Funkstelle, die es bei Hitler gegeben habe. Gegen Ende des Krieges sei er dann an die Front versetzt worden, dort sei er am 23. Juli gefallen. Sie habe noch einen zweiten Bruder gehabt, der sei auch im Krieg gewesen, jedoch zurückgekommen. Er sei im Alter von 62 Jahren verstorben, er sei unglücklich verheiratet gewesen, eventuell habe er sich umgebracht.

Zu Hause hätten sie eine Landwirtschaft gehabt, sowohl Tiere als auch Anbau, sie hätten Kartoffeln und Getreide gehabt. Sie habe immer in der Landwirtschaft gearbeitet, habe zu Hause bleiben müssen wegen der Mutter, mehr noch, als die Mutter tot gewesen sei, dies sei vor ca. zwanzig Jahren gewesen. Sie habe immer zusammengelebt mit ihrer Schwester Thea, diese habe bei einer Finanzbehörde in Köln gearbeitet. Ihr Hobby sei Zeitung lesen, sie würde die Zeitungen von vorn bis hinten lesen. Mehrfach gab

Hanne B. im Laufe des Gespräches an, dass sie nicht im Altenheim bleiben wolle, sie wolle wieder zurück in ihr Haus ziehen."

Noch einmal ein Blick zurück:
Am 28.10.2004 hatte die Rechtsanwältin und amtliche Betreuerin den zweiten Tätigkeitsbericht über die Betreuung der Geschwister für das Vormundschaftsgericht erstellt. Erneut gab sie an, dass die Geschwister Lebich sie fast täglich in ihrer Kanzlei anriefen, um zu fordern, sie wollten ihr Haus und ihr Geld zurück haben und ansonsten solle sie aus ihrem Leben verschwinden. Sie seien noch in der Lage gewesen, mehrere weitere Personen zu aktivieren, um ihre Interessen gegenüber der Anwältin zu vertreten, unter anderem auch eine im Ort wohnende Anwältin.
Des Weiteren erfolgte eine Auflistung des Immobilien- und Mobiliarvermögens sowie der Kontoverbindung der Geschwister Lebich. In der Anlage wurde die Meinung der Heimleiterin geschildert, dass entsprechend ihrer Auffassung „eine Rückkehr der beiden Geschwister in ihr Haus aufgrund der körperlichen Verfassung und aufgrund des ihr geschilderten Zustandes des Hauses nicht mehr möglich ist".
Der von Herrn Bronn beauftragte Fachanwalt, der von den Geschwistern Hanne und Thea Lebich auch offiziell beauftragt wurde, ihre Angelegenheiten zu vertreten, teilte am 29.10.2004 dem Vormundschaftsgericht mit, dass die Geschwister Lebich sich ihm ge-

genüber mit einer ehrenamtlichen Betreuung durch Walter Bronn einverstanden erklärt hätten. Zu Herrn Bronn hätten sie Vertrauen und sie würden sich durch ihn helfen lassen wollen. Walter Bronn erklärte sich am 29.10.2004 gegenüber dem Rechtsanwalt einverstanden, die Betreuung für die Geschwister Hanne und Thea Lebich zu übernehmen.

Am 11.11.2004 bekräftigte eine Beamtin von der Kreis-Betreuungsstelle gegenüber dem Vormundschaftsgericht, dass sie in einem Gespräch mit den Geschwistern den Eindruck gewonnen habe, „dass sie in einigen Bereichen noch recht gut orientiert sind. Ihre gesundheitliche Situation und der Überblick über ihre finanziellen Verhältnisse werden jedoch verkannt. Darüber ist ein sinnvolles Gespräch mit ihnen auch nicht möglich."

Die Beamtin empfahl daher, die vorläufige Betreuung in eine endgültige Betreuung umzuwandeln und die Rechtsanwältin als Betreuerin beizubehalten.

Am 24.11.2004 berichtete sie dem Vormundschaftsgericht, dass sie die Geschwister Lebich am 19.11.2004 ein zweites Mal aufgesucht habe, beide hätten sie sofort erkannt, obwohl der erste Besuch bereits elf Tage zurücklag. Das Gespräch drehte sich thematisch um das Geld und um die Abneigung gegen die betreuende Rechtsanwältin. Anwesend war Walter Bronn, beide Geschwister gaben an, dass sie Herrn Bronn für einen ehrlichen Mann hielten, der ihr Vertrauen genieße. Die Beamtin teilte mit, dass entsprechend ihrer Einschätzung Herr Bronn geeignet und in der Lage sei, die Betreuung der Geschwister Lebich zu übernehmen.

Am 3. Dezember 2004 wurde durch das Vormundschaftsgericht entschieden, dass die Betreuung für Hanne Lebich in unverändertem Umfang aufrecht erhalten bleibe, eine Überprüfung solle spätestens zum 2.12.2009 erfolgen. Die bisherige Betreuerin wurde aus ihrem Amt entlassen und Walter Bronn zum neuen Betreuer bestellt.

Die Lebichs aber wollten keine amtliche Betreuung.

Am 6.12.2004 beantragte der die Geschwister vertretende Rechtsanwalt beim Vormundschaftsgericht die Betreuung für Hanne und Thea Lebich aufzuheben, da beide nicht betreuungsbedürftig seien. Er begründete dies damit, dass die gesetzlichen Voraussetzungen für eine Betreuung nicht vorlägen. Die Fachärzte hätten nach Untersuchung der Geschwister Lebich festgestellt, „dass diese gesund sind und eine Betreuung nicht erforderlich ist".

In der Akte der Thea Lebich befinde sich auf Seite 163 eine ärztliche Bescheinigung des behandelnden Hausarztes. Dieser teilte mit, dass die Geschwister Thea und Hanne Lebich sich seit 1991 bzw. 1993 in seiner Behandlung befänden. Während des gesamten Behandlungszeitraumes sei ihm „nie der Verdacht aufgekommen, eine der beiden wäre auch nur annähernd dement oder verwirrt. Sie waren immer zeitlich, örtlich und situativ orientiert."

Weiter wurde darauf hingewiesen, dass das Haus immer gepflegt und bei Bedarf renoviert worden sei. Es sei mit Elektroöfen geheizt worden. Aus seiner Sicht sei nicht nachvollziehbar, warum bei den Geschwistern eine Betreuung eingerichtet wurde. Er empfinde dies als Unrecht und bitte um eine Aufhebung der Betreuung.

Diesen Antrag unterstützte indirekt die Ärztin für Psychiatrie und Psychotherapie am 11.2.2005, indem sie berichtete, dass die Geschwister Lebich sie trotz offensichtlicher Erregung über erneuten fachlichen Besuch sofort erkannt hätten. Die Ärztin habe dann ihre Einschätzung bezüglich der Geschwister Lebich mitgeteilt und die fachärztliche Stellungnahme gezeigt, die sie nach vier Hausbesuchen (je zwei im November und im Dezember 2004) erstellt habe, und habe angegeben, dass dies nach wie vor ihre Einschätzung sei. Zusammengefasst wurde in der Stellungnahme aufgeführt, dass bei beiden Schwestern leichte kognitive Defizite vorlägen, sie aber durchgängig in allen Qualitäten orientiert waren. Die vorliegenden Beeinträchtigungen würden aus ihrer Sicht eine Betreuung nicht rechtfertigen. Sie habe dann mündlich ergänzt, dass bei Hanne Lebich eine jahrelange Diazepam-Abhängigkeit bestehe, auch Thea Lebich habe wohl Diazepam von der Schwester erhalten.
Wenn in der Vergangenheit, insbesondere während der Krankenhausbehandlungen, Verwirrtheitszustän-

de bei den Geschwistern aufgetreten seien, könnten diese durch eine Entzugssymptomatik erklärt werden, wenn die häusliche Diazepam-Medikation nicht in derselben Menge im Krankenhaus weiterverordnet wurde.

Während ihrer psychiatrischen Behandlung seit November 2004 hätten bei beiden Schwestern nie Verwirrtheitszustände vorgelegen, es hätten sich auch keine Hinweise auf psychotische Symptome ergeben, insbesondere auch kein Hinweis auf das Vorliegen einer schizophrenen Erkrankung.

Sie habe Rücksprache mit dem Hausarzt gehalten, dieser habe geschildert, dass er die Geschwister Lebich in den letzten Jahren durchgehend unverändert erlebt habe, nie verwirrt oder gar psychotisch. Auch entsprechend seiner Einschätzung seien sie durchgängig in der Lage gewesen, sich zu Hause noch adäquat zu versorgen. Ihm sei auch aufgefallen, dass die Geschwister wohl größere Mengen Bargeld zu Hause gehabt hätten und dieses zum Teil auch rumgelegen habe, aber entsprechend seiner Einschätzung dürfe schließlich jeder mit seinem Geld machen, was er wolle.

Die Psychiaterin ergänzte dann, dass Hanne Lebich immer zu Hause gewesen sei, in den letzten Jahren habe sie das Haus quasi gar nicht mehr verlassen, unter anderem auch wegen ihrer Kniebeschwerden. Thea Lebich habe bei einer Behörde in Köln gearbeitet, diese habe insbesondere früher mehr Außenkontakte wahrgenommen. Die beiden Schwestern seien sicher sehr eigen, entsprechend ihrer Einschätzung handele es sich um „bergische Originale", aber dies rechtfertige nicht die Einrichtung einer gesetzlichen Betreuung.

Angaben des Betreuers Walter Bronn am 11.2.2005
Walter Bronn berichtete, dass er die Geschwister Thea und Hanne Lebich seit seiner Kindheit kenne, er wohne auf einem Gehöft in der Nachbarschaft. Er habe die Schwestern Lebich häufig gesehen, aber früher keine nähere Verbindung mit ihnen gehabt. Die Geschwister hätten ihn jetzt um Hilfe gebeten, er habe zugesagt, dazu stehe er auch, egal ob dies jetzt im Rahmen einer amtlichen Betreuung oder im Rahmen von Vollmachten geschehe. Er sei auch bereit, Vollmachten zu übernehmen und auszuführen.
Er wolle die Geschwister Lebich schützen, auch deren Eigentum, er sei auf ihrer Seite. Er sei jetzt seit Oktober 2004 zum Betreuer bestellt, sie würden sich gut verstehen. Er sei in der Lage gewesen, mit den Schwestern Lebich Absprachen zu treffen, diese seien vonseiten der Schwestern auch eingehalten worden.
Darauf angesprochen, ob die Schwestern Lebich entsprechend seiner Einschätzung wieder in ihrem Haus wohnen könnten, gab Herr Bronn an, er wolle zunächst warten, bis das Wetter besser werde. Dann wäre es sicher gut, wenn die Schwestern zunächst erst einmal ihr Haus wieder besuchen würden. Er könne dafür sorgen, dass die Geschwister in ihrem Haus versorgt werden, dafür könnten Dienste einge-

richtet werden, zum Beispiel Essen auf Rädern und Pflegedienste.

Die Geschwister hätten viele Räumlichkeiten zur Verfügung. Zurzeit sei das Schlafzimmer oben, es sei aber sicherlich möglich, im Erdgeschoss alles so weit einzurichten, dass die Geschwister nicht mehr die Treppe hinaufsteigen müssten. Ein Problem könnte sein, dass keine Zentralheizung vorhanden sei, aber Ölradiatoren und ein Ofen seien in dem Haus vorhanden. Er habe das Haus der Geschwister Lebich erstmals zusammen mit Hanne Lebich aufgesucht, aus seiner Sicht sei das Haus in Ordnung, sodass die Geschwister dort wohnen könnten.

Bei dem Besuch zusammen mit Hanne sei die Wohnung durcheinander gewesen, offenbar durchsucht. Er könne nicht verstehen, warum es nicht möglich gewesen sei, die Wohnung zu untersuchen, ohne diese Unordnung anzurichten. Hanne Lebich habe das Durcheinander in der Wohnung als furchtbar empfunden.

Der Fachanwalt fasste den eigenen Kenntnisstand zusammen und verweist auf die ärztlichen Aussagen:
„Hanne Lebich ist bewusstseinsklar. Sie ist zur eigenen Person, zur Zeit und zum Ort voll orientiert, zur Situation ist sie etwas unscharf orientiert. So erfasst sie, dass ich sie im Rahmen des Betreuungsverfahrens aufsuche, das Betreuungsverfahren selber wird jedoch von Hanne Lebich als massive Beeinträchtigung und

massives Unrecht empfunden, sodass sie ausführlich über die frühere Betreuerin schimpft; eine Auseinandersetzung bezüglich der Betreuungsbedürftigkeit, die über dieses Schimpfen hinausgeht, ist im Rahmen der aktuellen Untersuchung nicht möglich. Konzentration und Gedächtnis sind leicht eingeschränkt.

Das Auffassungsvermögen für komplexe Zusammenhänge ist eingeschränkt, so kann sie ihre gesundheitliche und finanzielle Situation nicht durchgehend im Ganzen überblicken, hier ist sie nicht durchgehend zum rationalen Abwägen eines Fürs und Widers in der Lage. Der formale Denkablauf ist etwas umständlich und ausschweifend. Im Gespräch ist sie jedoch immer wieder auf das Gesprächsthema zurückzuführen. Die Kritik- und Urteilsfähigkeit ist eingeschränkt, aber nicht aufgehoben. Hanne Lebich ist zur freien eigenen Willensbildung noch in der Lage, eine einmal gefasste Meinung kann sie vehement auch gegen Widerstände vertreten. Kein Hinweis auf produktive psychotische Symptomatik im Sinne von Wahn, Halluzination oder gestörtem Ich-Erleben. Die Stimmung ist subdepressiv mit erhaltener affektiver Modulationsfähigkeit. Der Antrieb ist altersentsprechend und nicht herabgesetzt. Kein Hinweis auf Suizidalität."

Entgegen der früheren Sachlage wurde nun festgestellt: „Die Tatsache, dass beide Geschwister in der Lage waren, regelmäßig bei der Betreuerin anzurufen, um gegen die Betreuung und deren Auswirkung zu protestieren sowie auch andere Personen einschließlich des Bürgermeisters zu aktivieren, ihre Interessen zu vertreten, spricht dafür, dass kein ausgeprägteres hirnorganisches Psychosyndrom vorliegen kann.

Zusammengefasst bedeutet dies, dass aus psychiatrischer Sicht Hanne Lebich nicht in der Lage ist, ihre gesundheitlichen und finanziellen Angelegenheiten ohne Unterstützung selbstständig zu regeln. Jedoch ist die Geschäftsfähigkeit ausreichend erhalten, um rechtswirksame Vollmachten zu erteilen. Der jetzige Betreuer Walter Bronn ist bereit, Hanne Lebich auch auf der Grundlage von Vollmachten zu unterstützten, Hanne Lebich gibt glaubhaft an, dass sie auch in Zukunft Hilfe durch Walter Bronn in Anspruch nehmen möchte. Vor diesem Hintergrund kann aus psychiatrischer Sicht die bestehende Betreuung aufgehoben und durch eine umfassende Vollmacht ersetzt werden. Sollte das Gericht zu der Entscheidung kommen, dass eine Vollmacht die bestehende Betreuung nicht in vollem Umfang ersetzen kann, so wäre die Einschränkung der Betreuung auf die Wirkungskreise "Gesundheitssorge" und "Vermögenssorge" indiziert.

Sichere Aussagen zum Krankheitsverlauf sind schwierig. Das leichte hirnorganische Psychosyndrom lässt sich eher auf die langjährige Diazepam-Abhängigkeit und auf eine vaskuläre Genese zurückführen, Hinweise für eine degenerative Demenz z. B. im Sinne einer Alzheimer-Erkrankung finden sich nicht. Bei einem hirnorganischen Psychosyndrom vaskulärer Genese findet sich typischerweise ein sprunghafter Verlauf, d. h. es können auch längere Phasen auftreten, in denen es zu keiner Veränderung des hirnorganischen Psychosyndromes kommt, auf der anderen Seite kann z. B. bei einem "Minischlaganfall" das hirnorganische Psychosyndrom von einem auf den nächsten Tag deutlich zunehmen. Angesichts des fortgeschrittenen Lebensalters von Hanne Lebich ist es jedoch nicht unwahrscheinlich, dass das bestehende hirnorganische Psychosyndrom in seiner jetzigen Ausprägung bis zum Tode bestehen bleibt.

Durch eine richterliche Anhörung und durch die Bekanntgabe der Entscheidungsgründe ist keine Beeinträchtigung für die Gesundheit von Hanne Lebich zu befürchten."

Für Hanne schienen die Zeichen also gut zu stehen. Jetzt war für sie alle nur noch die Frage offen, wie es mit Thea aussehe, ob sie einmal für sich selbst entscheiden könnte und ob sie der Hanne möglicherweise zur Last fallen bzw. sie entlasten könne. Den weiteren Hergang beschrieb Thea in einem Notizblock:

„Ich habe die Absichten also durchschaut. Sie wollen in einem weiteren Gutachten Stellung beziehen, ob und in welchen Angelegenheiten für mich wegen einer Krankheit oder Behinderung Hilfe durch Betreuung weiterhin erforderlich ist.

Das Gutachten gründete sich wie bei Hanne auf die

Akte des Vormundschaftsgerichtes, auf Angaben des Betreuers und der behandelnden Psychiaterin, sowie auf die neuerliche Untersuchung im Rahmen eines Hausbesuches am 11.2.05.

Die Begutachtung fand wieder in dem Zimmer des Altenwohnheimes statt, in dem wir beiden Schwestern wohnten. Während der Untersuchung waren die ganze Zeit über Hanne und der Betreuer Walter Bronn anwesend.

Ich habe auf die entsprechende Anfrage sofort erklärt: "Ich brauche keine Unterstützung, ich habe das ganze Leben alleine geschafft. Ich bin froh, dass Herr Bronn uns jetzt hilft. Er kümmert sich zum Beispiel darum, wenn Anweisungen kommen. Da kümmere ich mich selbst gar nicht drum. Er holt auch Geld, wenn nötig, und bezahlt Rechnungen, das kann er auch in Zukunft weitermachen."

Die Fachärztin: "Frau Lebich, wissen Sie, wie viel Geld Ihnen zur Verfügung steht?"

"Ich hab ja nichts mehr, das haben die gesperrt. Ich weiß auch nicht, wie hoch meine Rente ist, die haben die ganzen Papiere mitgenommen, die wissen das."

"Wie hoch ist denn Ihr Vermögen, eher im Bereich von 10 000 oder eher im Bereich von 100 000 Euro?"

"Das weiß ich nicht. Ich weiß auch nicht, wie hoch die Ausgaben für das Altenheim sind. Danach habe ich aber auch nicht gefragt."

"In Ihrem Haus, Frau Lebich, sind noch viele DM-Scheine gefunden worden, warum?"

"Also, ich hatte schon einige DM in EURO umgetauscht, aber dann hatte ich keinen mehr, der mit mir oder Hanne zum Geldtauschen fahren konnte."

"Was, Frau Lebich, sagen Sie denn zu dem jetzigen Betreuungsverfahren und der Begutachtung?"

"Es ist bereits der Psychiater bei mir gewesen, um ein Gutachten zu machen, außerdem ist ein Gutachten im Krankenhaus erstellt worden, von dem Stationsarzt, der Name des Arztes fällt mir aber im Augenblick nicht ein."

"Und die Betreuung?"

"Die erste Betreuerin hat mir und Hanne keinen Schutz geboten, im Gegenteil. Die ist einmal bei mir im Krankenhaus gewesen, hat dann die Handtasche genommen und gesagt, da haben Sie noch Geld drin. Dieses Geld habe ich gebraucht, um im Krankenhaus mal zum Frisör zu gehen, und für die Taxifahrt nach Hause. Die Anwältin und Betreuerin hat dann sehr nett getan, hat mir den Arm gestreichelt und gesagt, regen Sie sich nicht auf, dann hat sie einfach meine Handtasche genommen und daraus den Haustürschlüssel entwendet, später hat sie gesagt, es sei gar nicht der Haustürschlüssel gewesen."

"Wird Ihnen denn jetzt hier im Altenheim geholfen, wie Sie es wünschen?"

"Wir erhalten Hilfe durch das Pflegepersonal beim Anziehen und einmal in der Woche beim Baden, das Waschen am Waschbecken schaffe ich selber. Die Verpflegung und die Pflege im Altenheim ist gut, da kann ich nicht drüber klagen. Aber das macht mich nicht glücklich, das Ungerechte nagt an mir und ich hab Heimweh, ich möchte nach Haus!"

"Frau Thea, werden Sie dann auch zu Hause einen Pflegedienst ins Haus lassen, damit dieser Sie unterstützt?"

"Ja doch!"

"Werden Sie bezüglich Ihrer Gesundheit Unterstützung benötigen?"

"Ich nehme an, dass der Herr Bronn das macht. Ich habe aber auch sonst selber den Hausarzt angerufen, wenn etwas gewesen ist, und dann ist der auch immer gekommen, ansonsten habe ich keine ärztliche Hilfe gebraucht."

"Welche Erkrankungen hatten Sie denn?"

"Ich habe unter Diabetes mellitus gelitten, dafür bekomme ich Tabletten. Früher habe ich was an der Schilddrüse gehabt, ich weiß aber nicht, ob ich deswegen immer noch Tabletten brauche. Hier im Altenheim werden die Tabletten zugeteilt, ich kann daher gar nicht wissen und kontrollieren, was ich erhalte. Im Moment geht es gesundheitlich so einigermaßen, nur mit meinen Zähnen komme ich nicht zurecht, deswegen kann ich nicht richtig sprechen."

"Weswegen war denn die Psychiaterin bei Ihnen?"

"Diese ist bei mir nicht wegen einer Krankheit gewesen, ich habe nichts Psychisches."

"Und warum nehmen Sie Diazepam?"

"Ich nehme kein Diazepam, ich hab ja nichts. Früher

habe ich mal etwas Diazepam gehabt, ich weiß aber nicht mehr, wann, warum und in welcher Dosierung ich Diazepam eingenommen habe."

"Und wie fühlen Sie sich?"

"Können Sie sich ja denken, wie das ist, ich kann mich nicht damit abfinden, wie das passiert ist. Mein Gedächtnis ist gut."

"Frau Lebich, wie sehen Sie diesen meinen Besuch?"

"Sie sind gekommen, um zu prüfen, ob das stimmt, was die anderen Ärzte alles geschrieben haben."

„Was heißt für Sie *Morgenstund hat Gold im Mund*?"

"Morgens ist die schönste Zeit zum Arbeiten."

"Und *Lügen haben kurze Beine*?"

"Da kommt man nicht weit mit."

"Dass Sie gut rechnen können, habe ich schon festgestellt, aber wie schildern Sie Ihren bisherigen Lebensweg?"

"Ich war die Jüngste von vier Geschwistern. Der älteste Bruder ist 1916 geboren, er ist während des Zweiten Weltkrieges gefallen, der jüngere Bruder ist 1922 geboren, er ist im Alter von 62 Jahren verstorben. Mit meiner 1919 geborenen Schwester Hanne habe ich während meines gesamten Lebens zusammengewohnt. Die Kindheit war sehr glücklich, bis auf den Krieg. Der ist gekommen und hat uns den Bruder weggenommen. Der Vater ist bereits 1929 verstorben, ich kann mich noch so eben an ihn erinnern. Unsere Mutter hat danach nicht wieder geheiratet, Mutter ist 1974 verstorben. Unsere Familie hatte einen landwirtschaftlichen Betrieb, die Landwirtschaft haben wir 1975 nach dem Tode der Mutter aufgegeben.

Ich habe die Volksschule, anschließend bei den Nazis ein Pflichtjahr absolviert, von 1941 bis 42 die Handelsschule besucht, dann bin ich zum Arbeitsdienst und zum Militär abkommandiert worden. Nach dem Krieg war ich zunächst arbeitslos, dann habe ich kleine Stellen bei Betrieben gehabt, die kaputt gegangen sind, schließlich habe ich 1950 bei einer Finanzbehörde in Köln angefangen, dort 32 Jahre gearbeitet, 1982 bin ich in Rente gegangen.

Wenn ich es jetzt überlege, ich habe vierzig Jahre gearbeitet und dafür auch in die Rente eingezahlt."

"1982 waren Sie doch erst 56 Jahre alt?"

"Ja, ich habe Probleme mit den Augen gehabt und hätte deswegen nicht mehr arbeiten können. Als ich bei der Behörde gearbeitet habe, bin ich morgens um 5.55 Uhr aus dem Haus gegangen, abends bin ich gegen 20.30 Uhr mit dem Bus zurück nach Hause gekommen. Ich habe auch noch samstags arbeiten und Überstunden machen müssen.

Als ich 1982 in Rente gegangen bin, bin ich mit meiner älteren Schwester Hanne zusammen zu Hause geblieben. Wir haben keine Reisen unternommen. Und heute habe ich nur noch eine kurze Zeitspanne zu leben. Ich will meine Zeit nicht hier im Altenheim verbringen, ich will wieder zurück nach Hause.""

Wie schon beschrieben, beantragte der Rechtsanwalt am 6.12.2004 beim Vormundschaftsgericht, die Betreuung für Hanne und Thea Lebich aufzuheben, da beide gemäß der gesetzlichen Bestimmungen nicht betreuungsbedürftig seien. Die verschiedenen Fachärzte hätten nach Untersuchung der Geschwister Lebich festgestellt, „dass diese gesund sind und eine Betreuung nicht erforderlich ist".

Der Anwalt argumentierte zu Thea Lebich ebenfalls anhand der Aktenvorgabe:

„Thea Lebich ist bewusstseinsklar. Sie ist zu Person, Ort, Zeit und Situation voll orientiert. Das Gedächtnis ist altersentsprechend gut erhalten. Die Konzentrationsfähigkeit ist leicht eingeschränkt, insbesondere wenn sie über die Betreuung spricht und das in diesem Zusammenhang entsprechend ihrer Einschätzung erlittene Unrecht schildert und sie sich dann in eine Erregung hineinsteigert. Der formale Denkablauf ist etwas weitschweifig und umständlich, sie kann jedoch ohne Intervention das Gesprächsthema halten bzw. selbständig zum Gesprächsthema zurückfinden. Das Auffassungsvermögen für komplexe Zusammenhänge wie ihre gesundheitliche und finanzielle Situation ist eingeschränkt.

Im Rahmen der Begutachtung entsteht jedoch auch der Eindruck, dass sie als Reaktion auf die eingerichtete Betreuung in resignativer Art und Weise ihr Interesse an der aktuellen Vermögenssituation und Gesundheitssituation verloren hat. Inhaltlich kreist

das Denken insbesondere um die aus ihrer Sicht ungerechtfertigte eingerichtete Betreuung sowie die Tatsachen, dass ihr ihr Bargeld nicht mehr zur Verfügung steht und sie nicht mehr in ihrem Haus leben darf. Die Kritik- und Urteilsfähigkeit sind leicht eingeschränkt. Kein Hinweis auf produktive psychotische Symptomatik im Sinne von Wahn, Halluzination oder gestörtem Ich-Erleben. Die Stimmung ist subdepressiv mit insgesamt noch erhaltener affektiver Modulationsfähigkeit. Der Antrieb ist altersentsprechend regelrecht. Kein Hinweis auf Suizidalität.
Körperlicher Befund: Guter Ernährungszustand, leicht eingeschränkter Allgemeinzustand. Die Gehfähigkeit ist eingeschränkt und wurde nicht differenziert überprüft. Während der Begutachtung saß Frau Thea Lebich angezogen in einem Stuhl am Tisch. Eine eingehendere körperliche Untersuchung erfolgte nicht, da diese keinen Informationsgewinn für das Ausmaß der Betreuungsbedürftigkeit versprach."

Die Bemühungen des Fachanwaltes waren erfolgreich. Die amtliche Betreuung wurde aufgehoben.
„Hanne, hier steht in dem Schreiben des Amtsgerichts von heute, dass die amtliche Betreuung aufgehoben ist. Gott sei Dank, jetzt wird alles besser!"
„Wir leben jetzt im Altenheim, haben die amtliche Betreuung nicht mehr, sind also wieder unser eigener Herr und niemand könnte mehr denken, wir seien entmündigt, also nicht mehr ganz beisammen. Aber

nein, wir leben mit Leuten zusammen, die wohl wenig gebildet oder blöd sind. Tut mir leid, wenn ich das sage, aber so ist es. Hast du die Frau gesehen, die immer den Mund offen hält? Aber sprechen kann die trotzdem. Die spricht mit sich selbst wie viele andere auch."

„Ich habe sie gesehen, aber was soll das, jeder hat hier irgendetwas."

„Thea, aber da ist noch eine andere Frau, die sieht mich immer so böse an. Die hat etwas gegen mich."

„Wie kommst du denn darauf? Die ist einfach komisch, wie die meisten. Du bist für sie neu hier, eine Art Konkurrenz."

„Wären wir doch wieder zuhause! Der Walter Bronn sollte uns heimbringen, da können wir dann so weiterleben wie immer und wie wir es uns wünschen.
Vielleicht müssen wir doch noch was machen lassen. Weißt du, wegen der Treppe nach oben. Thea, mit meinen Kniebeschwerden kann ich jetzt nicht mehr die Treppe hoch. – Oh Gott, was sage ich, ich will gar nicht mehr in unser Haus. Das erinnert mich ständig an alles und zudem, wer soll uns versorgen, die Einkäufe machen, kochen, waschen und anderes mehr? Ich kann nicht mehr und will nicht mehr."

„Hanne, was ist mit dir los? Was hast du denn jetzt? Einmal sprichst du so, einmal so. Dann bleibe also hier. Und ich? Dann muss ich auch bleiben, was wird sonst aus dir?!"

„Das musst du gerade sagen, wer hat denn das Haus

in Ordnung gehalten, gekocht, gewaschen, den Garten hergerichtet? Gut, du hast viel Geld verdient. Aber daran habe ich auch Anteil!"

„Hanne, du bist krank, glaube ich. Du bist schon wie die anderen hier. Ich jedenfalls gehe vielleicht später wieder in unser Haus. Ich kann mit den komischen Leuten hier nicht leben. Den Pflegerinnen traue ich auch nicht. Die haben es wahrscheinlich auch nur auf unser Geld abgesehen. Ah, da kommt das Essen, schmeckt sicher wieder so fad. Dass du das magst!"

„Ich habe keinen Hunger. Was du mir vorwirfst, *das* macht mich krank, nicht was hier im Altenheim ist. Du bist es, der mir das Leben schon immer schwer gemacht hat. Jetzt reicht es. Ich spüre, dass ich wirklich krank bin. Schmerzen, die ich im Innern habe. Aber, das ist dir offenbar egal. Du willst wohl, dass es mir schlecht geht. Magst, dass ich bald sterbe?"

„Ich lebe auch nicht mehr lange. Warum soll es dir besser gehen?"

Thea: Ein paar Tage später kommt eine Frau aus der weiteren Nachbarschaft. Sie bringt einige Kleider mit, Unterwäsche und so. Die war also in unserem Haus, ohne unsere Erlaubnis. Dabei tat die so freundlich, legte ein paar Tüten mit Süßigkeiten hin. Für mich ist das ja doch nichts. Ich bin Diabetikerin. Dann tat die so, als ob sie in unserem Sinne mit der Heimleitung gesprochen habe, abermals ohne unsere Erlaubnis oder Bitte. Ich konnte nicht mehr an mich halten, als Hanne sie auch noch fragte, ob sie wiederkommen werde.

„Wieso besuchen Sie uns? Was wollen Sie von uns? Sie sind doch nur gekommen, weil Sie an unser Geld und Eigentum wollen! Sie möchten wohl unser Haus und unseren Grundbesitz? Alles, was Sie so freundlich sagen, ist nur Finte. Sie können mich nicht täuschen!" Das hatte gesessen. Die sagte, dann könne sie ja gehen, aber die Vorwürfe seien unverschämt. Das wolle sie sich nicht bieten lassen und werde auf keinen Fall wiederkommen, richtete sie sich noch an Hanne. Die war kleinlaut.

Eine Zeit lang saßen wir schweigend da.

„Thea, wenn ich so drüber nachdenke, hast du vielleicht recht, wieso kam die Frau? Wir hatten sie doch gar nicht darum gebeten. Die hat bestimmt andere Absichten", meldete sich Hanne.

Ich sah mich in meinem Verhalten bestätigt.

Tags darauf. Klopfen an der Tür. Eine Bekannte von früher kommt herein, begrüßt uns und erzählt unentwegt, was alles so passiert. Sie gibt uns obendrein Ratschläge, was wir mit unserem Vermögen machen sollten. Ob wir schon ein Testament gemacht und Vorsorge getroffen hätten.

Wir hörten uns alles an, haben uns nicht weiter dazu geäußert, hatten aber das Gefühl, hier ist schon wieder jemand, der sich in unsere Angelegenheiten einmischen will. Wir haben nicht viel Aufhebens gemacht, als sie gegangen ist. Noch einige Male kam sie wieder, aber dann nicht mehr. Unser überwiegendes Schweigen hatte sie zu Recht als Ablehnung empfunden.

Und überhaupt, was sollte das alles, wo wir uns doch für Walter Bronn als unseren ehrenamtlichen Betreuer entschieden hatten?

Da war es ein ganz anderes, als Hanne eines Tages mit der Anfrage kam, ob Herr Bronn nicht mal seine Frau mitbringen wolle. Sie sei ihr vom Sehen her bekannt und sie habe immer den Eindruck gehabt, dass sie eine sehr freundliche, hilfsbereite Frau sei.

Walter Bronn sagte zu.

Nach dieser Ankündigung von Herrn Bronn besprachen wir beide uns noch. Ich warnte Hanne: „Dann kommt jemand und wir wissen nicht, ob die Frau uns wirklich sympathisch ist. Wir müssen abwarten, nicht gleich die Frau Bronn als womöglich ständige Besucherin begrüßen."

Hanne nickte, sie wusste, dass ich in solchen Dingen distanzierter war und mich nicht so schnell einlullen ließ.

Tage später war es so weit. Die Frau Mirga Bronn kam, erzählte von sich in nur knappen Worten, begann dann sogleich uns behilflich zu sein, bequemer zu sitzen. Sie erkannte auch sofort, dass wir frisches Wasser brauchten, wobei sie anmerkte, es stimme, was die Ärzte sagten, dass man gerade im Alter viel trinken müsse.

Dann legte sie uns noch frische Handtücher hin, wunderte sich über die Blumen auf der Fensterbank, die teils „den Kopf hängen ließen". Weg war sie und holte in der Etagenküche frisches Wasser für die Blumen. Dabei sprach sie stets freundlich mit uns und vor allem, sie fragte zu allem, was sie tat, ob uns das recht sei.

Hanne war begeistert und erkundigte sich, ob wir sie irgendwann wiedersehen würden, und fügte hinzu: „Ich würde mich über Ihren Besuch freuen!"

Ich konnte mich zu einer entsprechenden Erklärung noch nicht entschließen, musste der Frau aber doch ein freundliches Lächeln schenken. Dass sie mir darauf behutsam über den Kopf strich, hat mich berührt. In der folgenden Woche kam sie wieder. Und in der Tat, wir beide strahlten, sahen uns ohne Argwohn angenommen.

„Da bin ich wieder. Wie geht es Ihnen beiden denn heute? Sind Sie gut versorgt, kann ich irgendetwas tun? Brauchen Sie etwas? Ich kann ja auch für Sie einkaufen, wenn Sie es wünschen?" Dabei begann sie gleichzeitig, im Zimmer aufzuräumen, das ihr unordentlich erschien.

Wir unsererseits zeigten uns neugierig, ob sie Neuigkeiten wisse, was sich in unserer Nachbarschaft tue? Sie berichtete:

„Walter geht alle paar Tage in Ihr Haus, um nach dem Rechten zu sehen. Weil es unbewohnt ist, muss er für Lüftung und Beheizung sorgen, sodass eine ausreichende Temperatur vorhanden ist. Er hat mir schon gesagt, ich möchte gelegentlich im Haus Hausputz machen. Wenn Sie damit einverstanden sind, werde ich das tun."

Hanne nickte sofort zustimmend. Ich konnte mich dem anschließen, weil ich überzeugt war, dass diese Frau ehrlich mit uns umging. Sie würde gewiss nichts aus dem Haus entwenden. Im Übrigen war das vorhandene Geld ja längst auf den Kassen.

Im Jahr 2005 wurde es schließlich für uns zur Gewohnheit, dass nämlich Mirga Bronn nahezu täglich kam, uns mit allem Wünschenswerten versorgte und nie den Verdacht aufkommen ließ, dass sie besonders entlohnt werden wollte. Es ist wahr, wir haben ihr natürlich von Zeit zu Zeit ein kleines Taschengeld gegeben. Darüber hat sie sich immer sehr gefreut und wir waren es zufrieden.

Allerdings, so, wie Hanne der Mirga zusprach, das konnte ich nicht. Ich sage mir, man muss immer ein gesundes Misstrauen haben. O Gott, ich verliere mich auch schon in mehr Zuneigung, obwohl wir beide doch in der Vergangenheit so viel Leid durch Mitmenschen erfahren haben. Ich bin vorsichtig. Auch die Pflegerinnen muss man kritisch beobachten. Man liest ja oft genug, was so in Heimen passiert.

Hanne pflegte mit einem sogenannten Rollator im Flur auf und ab zu gehen. Das war zwar immer noch mühsam, aber sie schaffte es. Ich allerdings war auf den Rollstuhl angewiesen, meine Beine trugen mein Gewicht nicht mehr, und ich wollte eine solche Mühe auch nicht auf mich nehmen. Da bin ich ehrlich. Ich habe mich gehunfähig gestellt. Für das viele Geld, das wir aufzubringen hatten, wollte ich mich rundum versorgen lassen.

Hanne war ganz aufgeregt, als sie zurück ins Zimmer kam. „Diese Frau (mit dem Rollator) hat mich mit einem Stock geschlagen. Ich habe dir doch gesagt, die hat was gegen mich. Die kann mich nicht leiden. Jetzt habe ich Angst. Ich gehe nicht mehr auf den Flur. Die wird mich zusammenschlagen."
„Seit wann bist du so ängstlich? Du wirst dich doch wehren können. Was soll die gegen dich haben?"
„Ich sage doch, die kann mich nicht leiden. Die kommt sich so wichtig und überlegen vor. Ich habe gehört, wie sie eine andere Frau ausgeschimpft hat, sie solle in ihrem Zimmer bleiben und ihr den Anblick ersparen. Dann weißt du, wie gefährlich die ist."
„Hanne, du musst keine Angst haben. Ich werde die Stationsschwester ansprechen, wenn sie herkommt. Die soll dann dieser Frau sagen, dass sie selbst im Zimmer bleiben muss, wenn sie die anderen Leute hier bedroht. Wohin hat sie dich denn geschlagen?"
„Ich hab's dir doch gesagt. Sie hat mich auf den Rücken geschlagen und fast am Kopf getroffen."
„Hanne, nimm doch selbst einen Stock mit und schlag zu, wie du es daheim gemacht hast, als wir die Katzen vertrieben haben."
„Da war ich auch noch einigermaßen gesund."

Mirga fuhr mich mit dem Rollstuhl den Flur auf und ab. Nach draußen konnten wir nicht, wie es sonst üblich war. Es nieselte. Zwei andere Frauen machten mit dem Rollator die Runde. Die Ordensschwester Gabriele kam mit einem Ehepaar über den Flur. Als sie an uns vorbeigingen, sagte sie: „Das hier ist Frau Thea", und legte dabei die Hand auf meine Schulter.

„Ach, die kenne ich auch, von früher", sagte der Mann. „Wir sind beide nach Köln zur Arbeit gefahren und manchmal fuhren wir mit dem Fahrrad statt mit dem Bus zum Bahnhof!"

Ich konnte mir keinen Reim darauf machen.

Schwester Gabriele ging in das offene Aufenthaltszimmer und fragte jenen: „Wie hat Ihre Schwester die Einweisung nach hier aufgenommen, sie wollte ja noch nicht ins Altenheim?"

„Sie hat einfach gesagt: "Ja, da bin ich jetzt doch!", und hat sich mit der neuen Situation abgefunden."

Die kurze Bemerkung elektrisierte mich. Ich wurde merklich steif in meinem Rollstuhl und bat Mirga, mich in unser Zimmer zu bringen. Die drehte dahin also ab.

Der mir unbekannte Mann aber rief hinter uns her: „Wir sehen uns sicher noch mal wieder!"

Hanne: „Thea, was ist los?"

„Ich habe ihn erkannt, er war es!"

„Wer war es?", blieb Hanne hartnäckig.

„Ich habe dir doch damals von dem Unbekannten erzählt, der hinter mir hergefahren ist."

„Aber das ist doch lange her!"

„Stimmt, aber ich bin trotzdem jetzt geschockt. Dabei hat der auch noch gesagt, wir würden uns sicher wiedersehen."

Da wir uns in ein mehr persönliches Gespräch vertieften, verabschiedete sich Mirga. Hanne hielt sich nun auch zurück, ich aber ließ mich in mein damaliges Erleben absinken:

Ich war in der Tat mit dem Fahrrad zum Bahnhof gefahren, weil der Bus nicht gekommen war, was selten vorkam. Immerhin, ich hatte den Zug nach Köln noch erreicht. Am späten Nachmittag fuhr ich dann zurück und musste mit dem Fahrrad die Höhe hinan nach Hause.

Vom Bahnhof aus konnte ich eine längere Strecke noch fahren. Mir fiel auf, dass ein gutes Stück hinter mir noch jemand mit dem Fahrrad unterwegs war. Offensichtlich ein Mann, aber erkennen konnte ich den nicht, dafür war er noch zu weit weg.

Der nimmt den gleichen Weg, ging es mir durch den Kopf. Möglicherweise kannte ich den Mann, aber ich war auch wiederum nicht so neugierig, dass ich gewartet hätte, um ihn erkennen zu können.

Vor der Anhöhe musste ich absteigen, es ging hier zu steil bergauf. Also zu Fuß weitergehen. Verstohlen blickte ich zurück und sah, dass jener Unbekannte ebenfalls diesen Weg nahm. Auch er war abgestiegen und schob sein Fahrrad.

Mir schien, dass er näher kam. Plötzlich erfasste

mich ein Angstgefühl und so beschleunigte ich meine Schritte. Aber der Abstand zu ihm vergrößerte sich nicht. Er ging also auch schneller. Ich weiß noch, Herzklopfen stellte sich ein und Schwitzen.

Schon keuchend erreichte ich die Anhöhe und konnte nun wieder das Fahrrad besteigen. Ich fuhr davon, so schnell ich konnte. Und der Mann? Der machte es genau so, schien sogar wieder näher zu kommen.

Nur keine Panik, sagte ich mir, so weit ist es ja nicht mehr bis nach Hause. Aber es dämmerte schon und bald würde es dunkel sein.

Ich hetzte mich ab, wurde immer ängstlicher und suchte nach einem Ausweg aus dieser Situation. Was hatte der Unbekannte wohl im Sinn? Weshalb wollte der mich unbedingt einholen?

War mir nicht im Zug ein Mann aufgefallen, der mich zu beobachten schien? Hatte der nicht so ein merkwürdiges Gebaren an den Tag gelegt? Der war es wohl! Ich strampelte, so gut ich konnte, ein Glück, dass mein Fahrrad gut geölt war.

Noch einige hundert Meter, dann würde ich unsere große Wiese erreichen. Ich werde dann einfach von der Straße weg auf die Wiese fahren und zu Fuß weiterlaufen, nahm ich mir vor.

Immer schwerer wurden meine Beine, o Gott, das halte ich kaum mehr durch. Ich atmete schwer. Den Rest des Weges kannst du noch schaffen, redete ich mir selbst ein.

Und in der Tat, da war unsere Wiese. Ich steuerte hinein, konnte mich noch eine Zeit auf dem Fahrrad halten, dann ließ ich es fallen und stolperte zu Fuß weiter. Trotz der beginnenden Dunkelheit konnte ich unser Haus sehen. Gottlob, jetzt war das Spiel vorbei. Ich blickte mich um, aber er war nicht mehr hinter mir. Ich konnte noch so eben erkennen, dass er auf der Straße weiterfuhr.

Was war nur mit mir? Eine harmlose Begebenheit, und ich in Panik?

Ein paar Minuten blieb ich wie festgewurzelt stehen. Tief atmen, den Schweiß abtrocknen. Erleichtert ging ich zurück, nahm das Fahrrad auf, meine Aktentasche war noch fest auf dem Gepäckträger. Also alles in Ordnung.

So schlenderte ich über die Wiese nach Hause. Dort war inzwischen das Licht im Wohnzimmer angemacht worden.

Mein Fahrrad werde ich sofort im Geräteschuppen abstellen, überlegte ich, die letzten Meter vom Haus entfernt.

Angekommen, stellte ich das Fahrrad an die Wand und nahm die Aktentasche vom Gepäckständer. In diesem Augenblick hörte ich aus der Dunkelheit heraus eine nicht gerade angenehme Stimme: „Ja, da bin ich jetzt doch!"

Ich riss die Tür auf und stürzte förmlich ins Haus.

Das war der Mann, der mir einen solchen Schrecken eingejagt hatte. Den ich aber damals nicht erkannte und wohl auch nicht später kennen gelernt hatte.

Dass der von Wiedersehen sprach – nein danke, nicht mit mir.

2006 – „Hanne, hör mit dem Klagen auf. Du machst mich krank. Ich kann das einfach nicht ertragen. Nimm Rücksicht darauf, dass wir hier in einem Zimmer zusammen leben und schlafen müssen."

„Hast du noch immer nicht verstanden, dass ich krank bin. Nicht nur wegen meines operierten Knies und jetzt der Beschwerden mit dem anderen Knie. Ich sage doch, ich spüre innen, dass ich krank bin. Ich glaube, schwer krank. Mirga hat Verständnis für meine Beschwerden."

„Du verstehst dich aufs Klagen, das weiß ich schon länger. Es wird wohl nicht so schlimm sein. Du kannst das alles doch dem Arzt sagen. Der kommt am Montag wieder zu uns."

„Und ich sage dir, ich bin schwer krank. Ich werde sterben."

„Dass ich nicht lache, du und sterben!"

„Ich sage es dir, ich werde sterben!"

„Dann stirb doch. Lass mich aber in Ruhe. Mir fällt das hier schwer genug. Willst du mich denn auch krank machen? Wenn es so weit ist, muss man sterben, du und ich auch. Und – was ich noch sagen muss, du nervst immer mehr, ein Zeichen, dass deine Zeit vorbei ist."

„Das ist also meine Schwester. Du warst immer in gewisser Weise ein Biest. Hast mich oft angestiftet,

Nachbarn und so zu kritisieren oder zu beschimpfen."

„Wie kannst du so einen Ausdruck gebrauchen? Das ist gemein!"

„Da sagst du etwas. Den Ausdruck habe ich von dir. Du hast das schon von einer Pflegerin hier im Haus gesagt und auch mich hast du schon so genannt."

„Hanne, so krank bist du ja offensichtlich auch nicht. Du scheinst mir eher noch zänkischer geworden zu sein."

„Thea, das Gleiche sage ich von dir. Du wirst ja bald deine Ruhe haben, wenn ich nicht mehr bin. Du wirst dich wundern, wie es ist, wenn du alleine bist!"

Montag – Der Arzt kam. Pflegerin Marita hatte uns ein wenig zurechtgemacht. Ich selbst war vor Tagen noch beim Friseur gewesen. Hanne wollte nicht. Sie hatte gesagt, sie halte das lange, ruhige Sitzen nicht aus.

Dann kam er, begrüßte uns mit Handschlag. Er maß den Puls, horchte uns ab und fragte nach Beschwerden. Mit Hanne beschäftigte er sich länger, nachdem sie ihm gesagt hatte, dass sie im Leib ständigen Druck und Schmerzen verspüre. Ihre Zunge war auch belegt und sie war ungewohnt heiser. Na ja, wie das schon mal so ist, wenn man immer im warmen Zimmer hockt und ab und an gelüftet wird. Das dauerte manchmal länger, weil wir selbst nicht mehr das Fenster schließen konnten.

Da sagte der Arzt plötzlich:

„Frau Hanne muss ins Krankenhaus. Ich werde Herrn Bronn benachrichtigen. Ich hörte, Sie haben erfreulichen Kontakt mit der Frau Bronn. Die wird sicher Hanne im Krankenhaus besuchen und dann auch noch mitnehmen, was Hanne noch braucht. Also …"
Ich unterbrach ihn und wurde heftig: „Hanne kommt nicht ins Krankenhaus. Das ist der Tod für sie. Wie oft hat man das von älteren Leuten gehört!"

„Sie wollen Ihrer Schwester doch nicht die notwendige fachärztliche Behandlung verwehren. Das können Sie nicht verantworten. Und ich kann nicht anders sagen, sie braucht dringend stationäre Behandlung. Erst damit wird gewährleistet, dass sie gesünder hierher zurückkommen kann."
Der Arzt bestellte per Telefon einen Krankenwagen und verabschiedete sich.

„Hanne, jetzt machst du ja das, was du wohl willst. Du willst ins Krankenhaus. Du willst ja sterben, also stirb. Ich kann dir nicht helfen!"

„Thea, du kennst doch nicht meine Schmerzen, aber das ist auch egal. Du siehst nur dich selbst. Na schön, jetzt wirst du ja allein hier bleiben. Du wirst sehen, wie es dann ist. Man wird mich in unserem Familiengrab beerdigen, neben der Mutter. Sie hat ausgelitten und so wird es auch mit mir sein. Ich habe vor einiger Zeit Herrn Bronn gesagt, er soll das Grab in Ordnung halten, das wird er. Frau Bronn wird für den Blumenschmuck sorgen. Du brauchst dich also nicht zu bemühen. Ich habe alles schon geregelt."

Gleich zwei Altenpflegerinnen machten sich daran, Hanne für die Fahrt ins Krankenhaus herzurichten, packten die notwendige Wäsche zusammen und überhaupt alles, was sie voraussichtlich brauchte.

Ich starrte vor mich hin, sagte kein Wort mehr, sah die offenen Schranktüren, dann die Prozedur der Rote-Kreuz-Helfer, die Hanne auf einen Rollstuhl packten und mit ihr das Zimmer verließen.

Ich schaute mich im Zimmer um, dann nach draußen. Noch war das Blattwerk auf den Bäumen grün, aber ich sah sie entlaubt, grau den Himmel, mich in einem leeren Raum. Mir wurde kalt.

Walter Bronn sagte mir, er gehe jeden zweiten Tag ins Krankenhaus, um Hanne zu besuchen, Gleiches mache seine Frau. Ich habe nichts darauf gesagt.

Jetzt spüre auch ich Schmerzen. Ich kann mich immer schlechter bewegen. Wenn mich die Pflegerinnen ins Bett legen, habe ich Schmerzen. Das kümmert die aber nicht. Denen traue ich ohnehin nicht. Wenn ich mich beschwere, geben sie mir freche Antworten, ich sehe das jedenfalls so.

Was bleibt mir? Ich sitze vor dem Fenster, starre nach draußen, bis ich müde bin und mich in einem schlafähnlichen Zustand befinde.

Das Denken fällt mir in letzter Zeit schwerer. Lesen kann ich nur kurze Zeit, dann verschwimmt mir alles vor den Augen.

„Schwester Marita, ich muss die Hanne im Krankenhaus besuchen. Können Sie das veranlassen?"

„Ich werde mit Herrn Bronn sprechen. Vielleicht lässt sich das übermorgen arrangieren, dass ein Krankenwagen kommt, der Sie mit dem Rollstuhl transportieren kann. Es wäre gut, wenn der Herr Bronn dann mit dabei ist."

Donnerstag, 27. Juli 2006 – Vor dem Altenheim war der Transporter vorgefahren, mit dem man mich zu Hanne im Krankenhaus bringen würde. Eine Pflegerin fuhr mich dann im Rollstuhl zum Wagen. Sie würde auch mitfahren, sagte sie. Ich habe kein Wort gesprochen, was sollte ich auch sagen? Was würde Hanne sagen, würde sie sich freuen? Wie mochte es ihr gehen?

Man hatte mich kaum aus dem Wagen ausgeladen, als Walter Bronn und Frau Mirga bereits vorfuhren. Sie begleiteten mich bis zu dem Zimmer, in dem Hanne untergebracht war.

Die Stationsschwester bat uns, einen Augenblick noch zu warten.

Das Herz schlug mir bis zum Halse. Durch ein Zimmerfenster zum Flur konnte ich noch gerade sehen, dass Hanne an Schläuche angeschlossen war. Eine Krankenschwester war noch mit ihr beschäftigt. Dann durften wir rein.

Auf dem Flur fragte der Stationsarzt den Walter Bronn, ob er eine Patientenverfügung habe. Oder die Schwester?, wandte er sich an mich. Nein, war die

Antwort.

Der Arzt: „Eine Patientenverfügung bzw. entsprechende Vollmacht wäre schon hilfreich!"

Mirga Bronn fuhr mich mit meinem Rollstuhl an das Bett heran. Hanne hatte den Kopf zur anderen Seite hin gedreht.

„Hanne, ich bin hier, Thea! Wie geht es dir, Hanne?"

Sie drehte sich nicht zu mir hin, machte eine Handbewegung, die ich nicht verstehen wollte. Ich hörte noch, dass der dabeistehende Stationsarzt sagte: „Sie will offenbar nicht gestört werden, auch nicht von der Schwester, sie hat eine abweisende Handbewegung gemacht."

Ich hätte den Arzt in diesem Augenblick verwünschen können. Aber ich merkte selbst, dass Hanne kein Wort, kein Lächeln für mich übrig hatte.

„Hanne, freust du dich nicht, dass ich gekommen bin? Du musst mit mir mitkommen, zurück ins Altenheim, da wirst du auch versorgt."

Jetzt erst drehte Hanne sich ein wenig zu mir hin, hob die rechte Hand wie zu einem kurzen Gruß, sagte aber nichts.

„Hanne, warum sprichst du nicht?"

Ich hörte nur ein Gemurmel. Der Arzt sagte mir, sie könne jetzt nicht gut sprechen. Sie stehe im Moment unter dem Einfluss der eben verabreichten Medizin.

Und Hanne dreht sich wieder auf die andere Seite, ließ mich quasi stehen.

In dieser ersten Begegnung im Krankenhaus war sie

schon für mich gestorben. Jetzt wusste ich, dass sie wirklich nicht wieder ins Altenheim zurückkehren würde.

Dass Hanne, die an einigen Schläuchen hing, dann auch noch unruhig wurde, veranlasste die Krankenschwestern, uns wieder aus dem Zimmer hinauszukomplimentieren. Mein Besuch war zuende. Für mich war etwas ausgelöscht, da konnte der Walter Bronn noch so verständnisvoll auf mich einreden. Hanne würde sterben. Hatte ich ihr nicht auch zu viel zugesetzt? Aber sie war auch nicht ohne Schuld, versuchte ich mich zu beruhigen. Mir war elend zumute, regelrecht schlecht. So war ich froh, als man mich wieder in den Transportwagen schob.

Die erwartete, alles zerstörende Nachricht überbrachte mir Walter Bronn vier Tage später: Hanne hatte sich endgültig verabschiedet. Sie habe noch in den letzten Tagen immer wieder versucht, irgendeine Nachricht zu sagen. Sie habe etwas schreiben wollen, aber nichts ging, kein verstehbares Wort. Sie hätte keinen Schreibstift mehr in der Hand halten können.

Umso mehr habe sie Mitgefühl dadurch ausgelöst, dass sie sich sowohl an seine als auch an die Hand seiner Frau jedes Mal so fest geklammert habe.

„Wir haben das als ihren Wunsch verstanden, dass sie nach Hause wolle, und dass wir auch Thea grüßen sollten!"

Sollte das für mich ein Trost sein? Ich blieb allein von

unserer Familie zurück. Lasst mich in Ruhe, ich kann nicht mehr denken. Ich will weg.

Bei der kirchlichen Beerdigung nahmen mich Walter und Mirga Bronn im Rollstuhl mit. Ich wusste nicht warum, weinen konnte ich nicht, aber ich litt.

Zufrieden war ich, dass Hannes Eichensarg so schön geschmückt war und noch viele Leute gekommen waren, um Abschied zu nehmen.

Dass etliche mir dann auch Beileid wünschten, war eher schmerzhaft, obwohl ich darauf gewartet hatte. War denen das wirklich ernst?, fragte ich mich.

Zurück im Altenheim, konnte ich nichts mehr sagen, nichts essen, nur hinausstarren. Ich fühle, dass es auch mit mir schlechter wird. Wo sind meine Gedanken? Kann ich noch rechnen? Lesen ja, nur kurz. Alles um mich wirkt trist und ärgerlich. Die Pflegerinnen mag ich nicht, Besuch ist mir lästig und doch wünsche ich bedient zu werden von Mirga. Sie sollte mir die gleiche Zuwendung widmen wie Hanne. Zu der war sie besonders freundlich gewesen, wie ich über Monate beobachten konnte.

2007 – Das Leben geht weiter. Im Bett liegen oder im Rollstuhl sitzen. Gut, dass mich Mirga hin und wieder mit dem Rollstuhl nach draußen in die Natur fährt. Einmal waren wir sogar in unserem Haus, das schon lange leer steht. Es hat mir nichts gesagt, ich will gar nicht mehr hin. Das war einmal, vorbei.

Ja, der kleine Hahn im Blumenstrauß, den hat die

Hanne noch damals mitgenommen, der gefällt mir und besonders auch der Stoffhund. Zudem waren da noch zwei kleine Stoffbärchen, die Walter Bronn von einer Reise nach Berlin mitgebracht hatte. Über diese Aufmerksamkeit hatten wir uns ehrlich gefreut.

Es war gegen Ende dieses Jahres, dass mir die Bronns das Foto eines schönen schwarzen Hundes hinlegten, der mich faszinierte. Ich gab ihm sogleich den Namen „Waldi".

Seltsam, obwohl der gar nicht anwesend war, ich ihn also nicht streicheln konnte, war er mir sofort so nahe, dass ich mit ihm redete. Wirklich, der verstand mich. Ich weiß nicht, wie es kam, aber ich habe ihn dann oft laut gerufen, wie wenn ich Hilfe brauchte.

Die Altenpflegerinnen machten sich deshalb lustig über mich, das weiß ich. Sie hielten mich für „bekloppt". Die mussten wahrscheinlich so denken, weil sie mit vielen Menschen umgingen, die allesamt komisch oder verwirrt waren.

Der Waldi aber wurde mein Rettungsanker. Den ganzen Tag über und selbst nachts, wenn ich wach lag, konnte ich mit ihm sprechen. Ja, der verstand mich. Er wusste, dass er nur mir gehörte. Sein Bild auf dem Tisch erinnert mich immer wieder an ihn und so war er da, obwohl ich ihn nicht sah.

2008 – Nichts ändert sich. Doch, ich musste zum Zahnarzt, zum Augenarzt und auch zum Hals-, Nasen-, Ohrenarzt. Die alle haben mich eher wie ein unmündiges Kind angesprochen. War ich nicht mehr Herr meiner Sinne? Die glaubten das. So musste ich sie zu den Menschen einreihen, die uns und jetzt mir nur Schlechtes wollten. Sie gingen grob mit mir um und so habe ich mich auch beschwert.

Die neue Brille hat nichts geholfen, der letzte Zahn ist auch weg und das Hörgerät piepst nur, wenn ich was Wichtiges hören will.

Radio? Da fragt der Walter Bronn vergebens. Ich will nichts hören, nichts sehen, also brauche ich auch kein Fernsehgerät.

Gut, dass ich den Waldi habe. Und die Besuche der Mirga sind mir auch recht. Die bringt immer auch etwas zu essen mit. Süßigkeiten darf ich nicht essen, weil ich hohen Zucker habe, wie sie sagen.

Das Telefon – ja ich telefoniere viel mit Leuten, die mir einfallen. Manchmal sagen die, sie wüssten nicht, wer ich sei. Die verleugnen sich. Die sind falsch.

Und im Empfang hier im Haus schalten sie neuerdings schon mein Telefon ab. Das lasse ich mir nicht gefallen. Was wollen die, ich bin doch eine gebildete Frau.

Ich will nicht mehr, ich kann nicht mehr, Mama, komm mich holen.

Mein Blick auf das Bild meines Bruders, es hängt über meinem Bett, erinnert mich noch einmal an die vergangene Zeit, an die Hoffnungen, die wir mit Helmi verbunden hatten, wenn er seine Studien hätte beenden und einen entsprechenden Beruf hätte ausüben können. Wir wären eine geachtete Familie gewesen und all der Verdruss, das Leid, die Anfeindungen hätte es nicht gegeben. Mit dem Tod von Helmi kam das Aus, erst recht, als auch Alois von uns gegangen ist. Welch ein Leben? Jetzt auch Hanne noch. Waldi, nur du bist mir geblieben.

2009 – Waldemar hieß der Mann, der sich mir vorstellte. Der war sehr freundlich und hat mich sofort richtig im Bett zurechtgelegt, sprach mit mir und erzählte, dass er aus Russland komme, hier aber gerne den Pflegedienst mache.
Dabei schaute der mich so durchdringend an, dass ich mich von ihm angenommen sah. Das war Liebe auf den ersten Blick. Ja, ich werde ihn heiraten.
Winkend und mit den Worten „Ich komme wieder" verabschiedete er sich und ließ mich glücklich zurück. Was blieb mir anderes übrig? Ich habe der Pflegerin und auch Mirga gesagt, dass ich heiraten werde. Die haben zwar gelacht, aber als ich das dann verärgert wiederholt habe, da haben sie das auch hingenommen und zu helfen versprochen.
Ich war für den Augenblick selig.
Waldi, du hast es ja erlebt, dass mich der Krankenpfleger Waldemar, ich sag Waldi, versorgt hat. Der hat mich so fein behandelt, es war wunderbar. Jetzt hat er mir gesagt, dass er mich heiraten will. Ich habe sofort „Ja" gesagt. Der Walter Bronn hat bereits den Raum

in einem Hotel reserviert. Ja, für 200 Personen. Alle habe ich angeschrieben und eingeladen.

„Schwester Marita, Sie müssen mich anziehen. Ich nehme das schöne weiße Brautkleid. Ich muss mich beeilen, der Waldi kommt mich gleich abholen. Die Gäste sind bestimmt schon da. Das wird ein großes Fest."

„Thea, dann muss ich Sie wirklich fein herausputzen. Zuerst mache ich Ihnen die Haare und dann ziehe ich Sie an. Sie werden bestimmt schön aussehen."

„Glauben Sie das auch wirklich? Oder machen Sie sich über mich lustig?"

„Nein, nein, wir machen alles so, wie Sie sich das wünschen!"

„Welch ein schöner Tag! Waldi, gut, dass ich dich habe."

Ah, da kommt Mirga. „Hast du mir etwas mitgebracht?"

„Natürlich, wie immer ein gutes Essen!"

„Schön, da fällt mir ein, hast du auch die Einladungen alle weggeschickt? Der Waldi fragt danach."

„Ja, Thea, alle Briefe sind rausgegangen."

„Ich werde das dem Waldi sagen, der wird sich freuen. Ich werde zuerst etwas essen, dann müsst ihr mich zurechtmachen, denn die Hochzeit ist in einer Stunde!"

Tage später. Ich weiß nicht, was los ist. Waldi, die schauen mich alle so seltsam an.

Die Stationsschwester fragte mich, nun sei es ja doch nicht zur Hochzeit gekommen. Vielleicht würde ich auch noch einen besseren Mann finden. Dabei merkte ich, wie sie beim Weggehen vor sich hin lachte. Die machte sich über mich lustig!

Ist der Waldi ein Betrüger? Waldi, ich meine den Waldemar. Er ist nicht gekommen. Jetzt muss ich allen Gästen absagen. Und dann die Absagen für das Hotel und den großen Saal. Was denken die? So etwas wird mir nie mehr passieren, nie mehr! Das sind alles Betrüger! Nie mehr, Waldi, nie mehr fallen wir auf so etwas rein.

Der mir schon bekannte Amtsrichter ist gekommen, hat mich ausgefragt.

„Mir geht es gut, die Mirga versorgt mich und auch der Herr Bronn kümmert sich um alles. Ich will das ja nicht wissen. Der macht alles für mich."

„Frau Lebich, Sie müssten dem Herrn Bronn aber eine Vollmacht geben, sonst kann der nicht mehr alles für Sie erledigen. Die Bestimmungen sind so."

„Ich gebe keine Vollmacht, das habe ich doch schon immer gesagt. Der Herr Bronn macht das, sonst soll das keiner machen. Der versorgt auch das Haus."

„Wenn Sie keine Vollmacht geben, dann muss es eben anders laufen. Die Leitung des Altenheimes drängt auch auf entsprechende Vollmachten."

„Ich unterschreibe nichts. Die wollen nur mein Geld und unseren Besitz."

„Dann setzen wir Herrn Bronn als amtlichen Betreuer ein, anders geht es nicht."

„Ich brauche keinen Betreuer, ich kann alles selber machen. Das andere macht der Walter Bronn."

„Gut, Frau Lebich, der kann dann auch die Betreuung machen, denn Sie sind ja mit ihm sehr zufrieden."

So ist der Amtsrichter gegangen. Ich glaube, ich bin wieder in der Betreuung. Aber ich gebe keine Vollmacht, ich weiß Bescheid.

Ach ja, dass dies und das am Haus gemacht werden muss, das gebe ich zu. Mir ist es ohnehin egal, was da passiert.

Ich will da nicht mehr hin. Da quälen sie mich doch nur.

Hier die Leute im Altenheim wissen ja nicht, wer ich bin. Ich bin reich und möchte in einem Hotel leben. Da sagt doch die Altenpflegerin, das mit dem Hotel gehe nicht, weil ich gesundheitlich versorgt werden müsse und weil die im Hotel nicht die Möglichkeit hätten, mich zum Beispiel mit einem Tragegerät ins Bett zu heben. Zudem müsste ich ja täglich die verschiedensten Medikamente einnehmen.

Gut, dass ich den Waldi habe, der versteht mich. – Mama, Mama, komm mich holen. Ich will nicht mehr leben. Hanne, wo bist du?

In die Hauskapelle mag ich auch nicht mehr gefahren werden. Die mögen es nicht, wenn ich da schon mal laut spreche. Da dürfen nur die hin, die sich anständig benehmen, sagen sie.

Diese Spiele und das Singen mache ich schon lange nicht mehr mit. Bewegungen wie bei Kindern. Dann das Geplärre einiger Männer und Frauen dabei. Ich kann das nicht vertragen.

Waldi, ich gehe nicht mehr in die Kapelle. Ich bin in meinem Leben so oft in die Kirche gegangen, das reicht.

In der Tat war es so, dass Walter Bronn mit der Betreuung beauftragt wurde und dabei blieb es jetzt.

Ach ja, die Fahrt ab und zum Friedhof an das Grab meiner Eltern und von Hanne, das mag ich. Nur, da kommen schon mal, ich weiß nicht, Bekannte, deren Namen ich teils vergessen habe. Die blicken ja doch nur so geringschätzig auf mich herab. Eine Frau im Rollstuhl.

Das Grab wird von Mirga schön geschmückt, das muss ich sagen.

Ja, ja, Waldi, ich bin hier, du auch. Mama, komm mich holen. Ja, ja. Da kommt die Pflegerin.

Die letzten Jahre mit anderen Augen gesehen und erlebt:

„Frau Lebich, ich muss noch Blut abnehmen!"
„Nein, nein, das will ich nicht, nein, nein, Sie stechen mich hier und da. Ich will das nicht. Mama."
„Doch, das muss sein, damit wir wissen, welche Me-

dizin Sie benötigen."

„Muss das sein? Aber ich will es doch nicht. Waldi, ich will es nicht."

„Der Waldi sagt auch, dass das notwendig ist."

„Sagt er das, Waldi, sagst du das, ja, ja, du sagst es. Ich will es nicht."

„Ist schon passiert. Sie haben dreihundert Zucker, das ist viel zu viel. Da müssen wir was tun."

„Ja, Waldi, wir müssen etwas tun. Mein Vater kennt mich nicht, meine Mutter liebt mich nicht und sterben mag ich nicht, bin noch so jung!"

„Thea, Sie können aber schön singen!"

„Mein Vater kennt mich nicht, meine Mutter liebt mich nicht und sterben mag ich nicht, bin noch so jung!"

„Thea, Sie sind in letzter Zeit so friedfertig und freundlich geworden!"

„So war ich immer. Aber die Leute haben mich schlecht gemacht, Schwester Marita."

Sagt die Marita: „Ach, da kommen auch Frau und Herr Bronn zu Besuch."

„Wer? Oh, das ist aber eine Überraschung. Schön, dass ihr kommt. Ja, Waldi, ich habe Besuch. Waldi, in unserem Haus darf niemand wohnen, ja, du weißt es. Das ist unser Haus."

„Thea, darf ich auch nicht mehr in euer Haus?"

„Doch, Walter. Mama, Mama, komm mich holen. Da ist Waldi wieder. Wie schön! Ich will noch nicht sterben!"

„Thea, du stirbst noch nicht. Mirga und ich werden weiter für dich sorgen."

Stille – Kein Wort mehr.

2010 – „Mein Vater kennt mich nicht, meine Mutter liebt mich nicht und sterben mag ich nicht, bin noch so jung." Das ganze Jahr hindurch immer das Gleiche. Schlafen, aufstehen, im Rollstuhl sitzen, über den Flur gefahren werden, bei gutem Wetter draußen – Essen schmeckt mir nicht, Essen von Mirga ist gut, schmeckt mir, sie hilft mich ins Bett bringen, geht wieder.

Und ich sitze wieder vor dem Fenster. Starre hinaus. Das Sitzen fällt mir jetzt auch schwer und ich bin müde.

Man legt mich öfter ins Bett, das ist gut. Mit dem Rollstuhl fahre ich im Zimmer, das ist schwer. Da muss ich schreien, weil mir keiner hilft. Dann kommt eine Schwester, fragt, was los ist. Ich soll nicht so laut schreien, andere Bewohner würden sich beschweren. Das ist mir egal. Ich will sowieso mit denen nichts zu tun haben. Die sind doch alle doof, haben keine Ahnung.

Schwester, hören Sie, Sie sind ein Biest, ein Satan!

Da kommt sie wieder, wird schimpfen, vielleicht schlägt die mich.

„Thea, bitte, beruhigen Sie sich doch. Die Frauen hier draußen auf dem Flur können sich nicht einmal unterhalten, wenn Sie so schreien."

Sie ist wieder weg, ich bin allein. Wann kommt die Mirga? Alle gehen wieder weg. Ich hier im Zimmer, allein. Aber mit den anderen will ich auch nichts zu tun haben. Gut, dass ich hier allein sein kann.

Der Herbst bricht an. Ich habe es dem Walter Bronn erzählt: Die Schwalben sind gekommen, haben sich vor meinem Fenster wie auf einer Schnur versammelt und sich verabschiedet. Ich sah die Tränen in ihren Augen, und auch mir liefen die Tränen übers Gesicht. Jetzt sind sie weg!

Wohin werden sie fliegen? Nach Spanien, nach Afrika? Ich möchte auch fliegen.

Mein Weg ist weit, sehr weit, und ich kenne ihn nicht. Was wird mich erwarten? Wen sehe ich wieder?

Das Sitzen im Rollstuhl wird mir immer schwerer. Die Gedanken, die Gedanken, aber was wissen die hier.

Wie von selbst schlägt meine Faust auf den Tisch, ich trommele regelrecht. Das ist gut.

„Thea, was machen Sie, was ist los, was soll der Lärm?", stürmt eine Pflegerin ins Zimmer.

Wie heißt sie noch mal? Ich weiß es nicht.

Sie fährt mich mit dem Rollstuhl ans Bett. Dort soll ich hin.

Während sie weg ist, schreie ich. Warum, weiß ich nicht.

Sie kommt wieder. Mit dem Hebegerät. Sie hebt mich ins Bett. Ich drehe mich zur Wand und denke. Woran, ich weiß es nicht mehr.

Waldi ist meine Rettung, er ist hier. Ich spreche mit ihm.

Die Schwester geht aus dem Zimmer, ein letzter verständnisloser Blick zurück. Ich rufe Waldi. Der versteht mich, die anderen hier nicht.

Mirga kommt mal wieder.

„Hast du mir was mitgebracht?"

Ich habe Hunger. Das Essen schmeckt, sie hat es selbst gekocht.

Ich habe richtigen Hunger und esse alles weg, auch den Nachtisch.

Waldi, wo bist du? Ach, da liegt das Foto. Ich verliere mich wieder in Gedanken.

Alles hier um mich herum interessiert mich nicht.

Die Schwalben fliegen wieder weg! Ich gehe auch!

2011 – Die Schmerzen. Der Arzt, der fast jede Woche montags kommt, spricht von einer Entzündung der großen Zehe am rechten Fuß. Ich müsse ins Krankenhaus.

Und wieder werde ich auf eine Trage gelegt und nach draußen in einen Krankenwagen verfrachtet.

„Wie geht es Ihnen, Frau Lebich?"

„Gut", sage ich, „die Schmerzen."

„Wir werden Sie jetzt zum Krankenhaus fahren und dort wird man sofort etwas gegen Ihre Schmerzen tun."

Ich kann nicht mehr antworten, ich denke nur: Geht es mir jetzt genauso wie Hanne? Werde ich wieder sehen, was sie mit mir machen? Und werde ich weggehen durch den dunklen Tunnel ins helle Licht? Das Schaukeln des Wagens ist schmerzhaft, dann sind wir da.

Man fährt mich in einen hellen Raum mit vielen Geräten. Nahmen sie wieder Blut ab?

„Frau Lebich, Sie erhalten jetzt eine Injektion gegen Ihre Schmerzen!"

Aha – das merke ich und bin weg.

Im Krankenhaus wachte ich auf.

Ich sah nur weiße Gestalten um mich herum, alle mit Mundschutz.

Mirga Bronn war da, ich erkannte sie an der Stimme. Sie besprach sich offenbar mit einer Krankenschwester. Ich hörte noch, dass diese sagte, der große Zeh sei amputiert worden.

Mir fielen die Augen wieder zu. Ich war müde.

Später wurde mir bewusst, dass ich im Krankenhaus lag. Angeblich sollte ich eine Woche bleiben. So war es.

Zurück im Altenheim: Alle, die in mein Zimmer kamen, waren noch in weiße Kittel gewandet und trugen Mundschutz. Ansteckungsgefahr?

Aus dem Bett würde ich wohl nicht mehr kommen. Ich war zu schwach, das spürte ich selbst.

So verging die Zeit zwischen Wachsein und Schlafen. Monat um Monat lag ich da, kaum fähig, ein Wort auszusprechen. Ab und zu gelang mir das Wort *Wal-*

ter oder *Mirga*, wenn die mich besuchten und sich um mich kümmerten. Mirga hatte immer Essen dabei und ich konnte davon nicht genug kriegen.

Aus den Unterhaltungen zwischen diesen und einer Pflegerin hörte ich jetzt öfter, ich sei so friedlich und pflegeleicht. War ich früher anders? Ob die wissen, was in meinem Kopf vorgeht? Meine Gedanken kann ich nicht mehr ordnen, über meinen Körper kann ich kaum mehr verfügen, ich bin zu schwach. Nur so leben! Wie lange noch?!

22. September 2013, Sonntag: Thea rührt sich kaum noch, stöhnt, hat offensichtlich Schmerzen. Der Arzt wird gerufen. Eine Stunde später. Er stellt fest, dass Thea sich auch nach der durchgeführten Injektion wahrscheinlich nicht mehr erholen wird. Sie liegt im Sterben. Die Betreuer Bronn werden informiert, sollen möglichst sofort kommen.

Als sie ans Bett der Thea treten, erkennen sie, dass es schon zu spät ist. Kein Wort ist mehr möglich. Thea ist gegangen und wird, wie sie glaubte, die Eltern, die Brüder und besonders auch Hanne wiedersehen.